この夜を越えて

✷

イルムガルト・コイン

田丸理砂〈訳〉

NACH MITTERNACHT

Irmgard Keun

左右社

✷この夜を越えて

装幀
アルビレオ
✷
写真
Dana Stölzgen

I

手紙を開封したら、引き出したなか味に噛みつかれたり、突き刺されたりすることがある、生きものではないのだけれど。今日届いたのはフランツからのそんな手紙。「親愛なるザナ」、かれは書く、「もう一度きみに会いたい、だからもしかしたらきみのところへ行くかもしれない。ずっときみに手紙を書けなかったけど、しょっちゅうきみのことを考えていた、きみにはわかってたよね、感じていたよね。元気でいてくれるといいな。たくさんの愛を込めて、いとしいザナへ。フランツより」。

フランツに何があったの。病気なの。すぐにでも列車に乗り、かれの住むケルンに行ったほうがよかったのかな。でもわたしは行かなかった。わたしは手紙をすごく小さく折りたたんで、襟《えり》ぐりに挟み込み、そしていま、手紙はそこでわたしの胸をひっかいている。

疲れた。今日はスリリングで、骨の折れることばかりだった、もっとも目下人生そのものがそんな感じ。もう何にも考えたくないし、考えられない。わたしの頭のなかでは明るい部分と暗い部分がごっちゃになってぐるぐる回っている。

ゆっくりとかるくビールでも飲みたいところなのだけど、「世界観」[1]っていう言葉を耳にしたら、騒動が起こるにきまってる。突撃隊《SA》の男を刺激するなんてゲルティはどうかしてる。国防軍の制服のほうがすてきだし、そうじゃなくても国防軍兵士のほうがイカしてる。もしも軍人種族[2]から選ばなきゃいけないなら、国防軍のほうがいい、と言うなんて。もちろんこうした言葉はクルト・ピールマンの周りをたけり狂うスズメバチみたいに飛びかって、かれの心の奥底に突き刺さり、それで即死しないとしても、かれはひどく下卑た奴に成り下がる。そんなのわかりきったこと。

　ピールマンはすっかり意気消沈。さっきまではとてもご機嫌だったから、気の毒になってくる。なんといっても、かれは三日前にまたひとつ勲章をもらい、今日はゲルティと総統に会いに、[3]わざわざヴュルツブルクからフランクフルトにやってきたのだ。総統は、オペラハウスから国民に真剣なまなざしを送り、ふたたび始まった徴兵制[4]によって集められた兵士の軍楽セレモニーを見るため、今日、フランクフルトにいたのだった。

　みんなにビールをおごって気をそらせよう、お金が足りますように。

「すみませーん」。今夜ここは雑然としてる。「すみませーん。あーあ、クルムバッハさん、ウエイターを呼んでいただけませんか、あなたならもっと大きな声を出せますよね。さあ、飲み干してください。ウエイターさん、エクスポルト・ビールをもう四つ……」。かれはふたたび姿を消す。

「クルムバッハさん、タバコを一本いただけませんか」。ゲルティがピールマンと話すのがすごく危険だということを、クルムバッハさんには知らないでいてほしい。だからわたしはただかれの気をそらすためだけに、手当たり次第にかれに喋りまくる。片方の耳で大声で話すじぶんの言葉を聞きながら、もう一方の耳をわたしは、ゲルティとピールマンの間ではげしくなる言い争いに傾ける。

もしもわたしが一瞬でも黙ったら、周囲に入り混じったいろんな声が広がって、わたしは眠くなってしまう。

わたしたちのいるヘニンガー・ブロイには、ビールとタバコの煙とばか笑いのにおいが満ちている。窓からオペラ座広場の照明が見える。その光は、ようやくおやすみなさいと言う気になった、派手な黄色の花のように、ちょっと暗くて弱々しい。

昼の三時からわたしたち、つまりわたしとゲルティは、街をふらついている。ゲルティとは、わたしがフランクフルトに来て以来の仲良しだ。ここに来てもう一年になる。

青い胸をして、そんなふうにじっと座っていると、ゲルティはじつに美しい。もちろん胸そのものが青いのではなく、まとっているドレスが青いだけだ。ゲルティはいつも何も着ていないように見える。彼女の場合、それでもいやらしい感じがしない。それは彼女自身のからだや言葉とのかかわり方があっけらかんとしていて、ぜんぜんもったいぶっていないからだ。彼女の巻き毛はたっぷりとしたつやのあるブロンドで、真っ青な目はきらきらし、顔はバラ色の雲のように輝いている。

わたしはすこしも光り輝いていない。だからゲルティはおそらく、わたしのことをこんなにも好きでいてくれるのだろう。もっとも彼女が言うには、わたしはかわいいのに、じぶんをどうしたらいいかわからないだけだとか。だから、ゲルティとリスカはわたしにはっぱをかけ、きっと誠実な気持ちからだと思うけど、わたしを何ものかにしようとする。わたしだってそうありたい、でもぜんぜんうまくいかない。

夜、ベッドに入る前に鏡を覗《のぞ》きこむと、じぶんがとってもかわいい気がしてきて、すべすべした色白の肌が好きになることもある。わたしの目は大きくて、グレーで、神秘的で、それにこの世のどんな映画スターもこんなに長くて黒いまつ毛をもってはいないと思う。それから窓を開けて、道行くすべての男性に向かって呼びかけ、こっちに来てわたしがどんなに美しいか驚いてほしくなる。けれどひとりでいるときにだけいちばん美しいっていうのは、すごく残念だ。ひょっとしたらそう思い込んでるだけなのかも。ゲルティの隣に座っているときにはいつも、じぶんはなんてちいさくて、青白くて、貧相なんだろうと思う。いまだかつてわたしの髪が輝いていたことなどない。わたしの髪はぼんやりとしたブロンド色。

ビールを頼むんじゃなかった。今度はクルムバッハさんがさらにみんなのぶんチェリーブランデーを注文する。かれは「栗鼠《りす》屋」という酒場のウエイターで、ほかの飲み屋に行ったウエイターは、たいていの場合、すごく気前よくなるものなのだ。

「乾杯、クルムバッハさん」。「わが総統に乾杯」。今日はすばらしい日だった、とクルムバッハ。フランクフルトの住民にとって比類のない体験だったと。

隣のテーブルから数人の親衛隊員《SS》がこちらのほうを見ながら、「乾杯」をする。わたしには、かれらの「乾杯」がゲルティを指しているのか、それとも総統を指しているのか、よくわからない。おそらくかれらは酔っ払っていて、全世界に乾杯しているのかも。とはいえ、もちろんユダヤ人、ロシア人、共産主義者、フランス人やそういったもろもろの人たちはそこには含まれない。

わたしはクルムバッハに、フランクフルトに来て一年になる、生まれはモーゼル川沿いのラッペスハイムだ、と語る。「クルムバッハさん、そこがわたしの故郷なんです、もちろん、誰も故郷を忘れっこないけど」。

わたしは現在一九歳、ゲルティはそれよりすこし上。わたしは、工芸の仕事をしているリスカを通して彼女と知り合った。ゲルティの両親はフランクフルトの一等地で美術工芸店を営み、ゲルティはその店を手伝っているのだ。

わたしの父はラッペスハイムで食堂ひとつとブドウ山を三つ持っているけれど、立地条件は最高とはいえない。夏にブドウ畑が花盛りとなり、そよ風が吹き、太陽が照りつけると、あたりに蜂蜜のかおりが漂う。モーゼル川はきらきら光る陽気な蛇、小さい白いボートは日の光に導かれて川を下っていく。「そして向こう岸の山々はね、クルムバッハさん、そこに行くにはフェリーに乗らなければならないのだけど、すごく近くにいくと、山だって気づくの。うちの食堂からは、その山々は緑色した巨大な巻き毛の頭みたいに見える。すごく温かくてやわらかい感じがして、なでてみたくなる。でも近づいてみると、それはやわらかい緑の巻き毛なんかじゃなくて、葉をつけたがっしりとした木だってわかるの。そして山をよじ登ると、そこはフンスリュック山地。モーゼル川沿いの地域よりも寒くて、住人はずっと貧乏で、子どもたちは血色がわるく、お腹を空かせてる。そこでは花もあまりカラフルじゃなくて、ずっと小さくて、リンゴも梨もそう。ブドウはぜんぜん育たない」。

わたしは緑色の陽気な巻き毛頭のような山を思い出し、同時にわたしの手のことも考えてしまう。わたしはじぶんの手に、リスカの最高級クリームをしょっちゅう塗りこんでいた。そうすれば、肌がいつか絹のように美しくなると思っていた。けれどアルギンの持っていたルーペでじぶんの手を眺めてみて、ものすごいショックを受けた。わたしの手のそばかすは牛糞みたい。誰がそんなものよろこんで見たいかしら。ルーペなんてすべて壊すべきだ。

わたしの名はズザンネ。ズザンネ・モーダー。みんなわたしのことをザナと呼ぶ。こんなふうに愛称で呼ばれるとうれしい。だってそれってわたしは親しい人たちに囲まれてるってことだもの。いつまでたっても変わらず洗礼名でしか呼ばれない人は、それくらい好かれてないってこと。

フランツは誰よりも愛をこめて「ザナ」と言ってくれた。かれはもともとゆったりとビロードみたいにやわらかく考えるたちなのだ。ほんとうにかれは来るのかしら。まだわたしのことを愛しているのだろうか。すぐに洗面所に行って、かれの手紙をもう一度読みたい。

かれの母親、つまりアーデルハイトおばさん、あのろくでなしは、いったい何をしでかすのか。彼女を懲らしめないと、どうしてわたしはそうしなかったんだろう。子どものときから良くしてもらったことなんてなかったのだから、はっきりとおばさんに逆らえばよかった。このくそババア。大人になると、どんどん忍耐強くなり、無気力になる。子どもの頃はひどい仕打ちにはいつだってやり返したし、みんなそうであるべきなのだ。

アーデルハイトおばさんは、教養なんてこれっぽっちもないくせに、ものすごく上品ぶっている。おばさんはわたしにいろんな種類の憎しみを抱いていた。彼女のわたしへの第一の憎悪は、わたしの父がわたしをコブレンツの高校に行かせたこと。父は子どもに何かを学ばせることに賛成だったのだ。わたしは、勉強はあまり好きじゃない。頭が勉強に向いていない。アルギンの頭は勉強に適していて、学ぶことによってほかの人よりたくさんのことを成し遂げたのが見て取れる。

アルギン・モーダーはわたしの義理の兄で、有名な作家で、わたしより一七歳上だ。かれのほんとうの名はアーロイスなのだけれど、自身の名を勝手に変えてしまった、アーロイスという名はユーモア作家だったらぴったりかもしれないが、かれはそうではないから。

アルギンの母親が亡くなると、父は新しい女と結婚した。その人がわたしを産んだ。わたしの母も早くに死んでしまった。けれどうちの父親はいつだって女性にはやさしくせずにはいられなかった。かれはふたたび新しい女と結婚した、コッヘン出身の雌ギツネと。やれやれ、父は男としても、飲食店の主人としても、とにかく女なしにはうまくやっていけないのだ。この女はまだ生きている。彼女は意地悪ではないけれど、腹を痛めたわが子のほうが、当然のことながら、わたしたち父の連れ子より大切だった。それに彼女はすこし頭がわるくて、きれいでもなかったから、せめて何でも仕切りたがった。彼女が家にいるようになってからというもの、わたしはラッペスハイムで、もう心からの居心地のよさを感じることはなくなった。

それに町自体が、結局のところわたしにはちいさすぎる。わたしはその何千倍も大都市のほうが好きだ。でも近ごろでは、世界観や政権のために、こうしたことは口にしてはならない。

都会のほうが好きで、ずっとすてきだと思うことは、よいことでも気高いことでもない。いまどきの詩人は誰でもみな、われわれはみずからの本性に宿る自然なままの故郷を愛さなければならない、と書く。にもかかわらず、町はどんどん大きくなり、蒸気をあげる土塊《つちくれ》の上に自動車専用道路が建設されていく。土塊の存在意義とは、詩人がそのすばらしさを歌で称えることによって、誰かが町やそこの住人に起きていることにおろかにも関心をもったり、考え込んだりしないようにすることにある。[5] そのうえ土は郷土映画に必要だ。観客は郷土映画なんて嫌いだけれども。ハイニィはこうしたことをみんなリスカとわたしに説明してくれた。リスカはかれを愛してる。わたしもかれの言っていることがいつも理解できるわけじゃないけど、だからといってハイニィを好きになったりはしない。

　いずれにせよわたしには、大管区長官《ガウライター》[6]やえらい大臣連中がひと冬のあいだラッペスハイムに住みたがるとは思えない、粘土をたくさん含んだ毒々しい黄色の水がモーゼル川を流れ、谷全体が綿のような濃い霧に覆われると、ほとんど息もできやしない。いつも暗く、穴だらけの道に足を取られてしまう。もちこたえられるとしたら、それはすでに商売の元手があって、どうしたら今後つづけていけるかを考えていたり、さらには子どもやしじゅう腹を立てる相手がいる場合のみだ。いつだって喧嘩相手がいるのは、死ぬほど退屈するよりずっとまし。とにかくわたしは、ずっとラッペスハイムで生きていきたくはないし、アルギンもそうだった。けれどかれときたらいままでは、立派な人間であろうとして、われわれはどんな牛の肥やしも抱きしめなくてはならない、みたいな物語を書いている。

一六歳のとき、わたしはケルンのアーデルハイトおばさんのところにやってきた。おばさんはフリーゼン通りで文房具屋を営んでいる。彼女は亡くなったわたしの母親の姉で、母は店のために金を工面したのだった。アーデルハイトおばさんはその借金をすこしずつわたしに返すか、あるいは、わたしをただでおばさんのところに住まわせなければならない。これが、アーデルハイトおばさんがわたしを憎む、さらなる理由だ。フランツがいなかったら、わたしはけっして二年も、彼女のところにとどまることはなかっただろう。かれが彼女の息子だなんて、信じられない。そのうえ彼女はフランツのことだって愛していないのだ。

　わたしはアーデルハイトおばさんの店の手伝いをしていた。わたしはものを売るのが好きだし、接客の評判も上々だ。

　総統が登場すると、アーデルハイトおばさんは政治に目覚め、かれの肖像写真を掛け、ナチの鉤十字《ハーケンクロイツ》の旗を購入し、ナチ女性団に加入した。女性団で彼女も、ドイツ女性そして母として、良家のご婦人連中と知り合いになった。

　それからかつてのＹＭＣＡの集会所で防空演習が行われた。アーデルハイトおばさんは定期的にわたしとそこへ出かけた。その際、おばさんは、人びとに家から出ないよう促すのではなく、かれらも一緒に演習に加わるよう働きかけた。屋根裏部屋に住む病弱なピュッツおじいさんにとって、彼女はきわめて危険な存在だった。

　ピュッツおじいさんは年金生活者で、ひとりでしずかにおだやかな生活を送っている。白髪頭はきちんとブラシでとかされ、弱々しいが優美な足取りで歩く。アーデルハイトおばさんは、かれが防空演習に来るように仕向けた。演習ではわたしたちはまず、窒息しそうなガスマスクを装着し、階段をかけ上がらなければならなかった。ピュッツはうす暗い片隅でがたがたと震え、そのか細い手でガスマスクを掴み、じぶんの存在を気づかれたくないと思っているようだった。けれどアーデルハイトおばさんの刺すような黒い目はピュッツを見逃さなかった。かれはガスマスクを顔につけさせられ、それからアーデルハイトおばさんはかれを追いたてて階段をのぼらせた。階上の屋根裏でかれがばったりと倒れると、みんなぎょうてんした。震える手と興奮した足どりから、人びとが驚いていることに気づいた。何しろ顔を見あわせたら、みんなゾッとするようなマスク姿だったのだ。床には一張羅である紺色のスーツを着たピュッツの縮こまった体が横たわっていて、マスクからは苦しそうなあえぎ声が聞こえた。アーデルハイトおばさんのかぶせかたが間違っていたので、頭をなかなかマスクから引き抜くことができず、かれは死んでしまうかもしれないと思ったが、まるで奇跡のように、すごくゆっくり息を吹き返した。

アーデルハイトおばさんは言った。「ピュッツ、わたしに感謝しなきゃならないことはおわかりかい。わたしがいなければ、危険が差し迫った瞬間に、あんたの命はなかっただろうよ」。「どうかベッドで死なせてくれ、どうかベッドで死なせてくれ」、とピュッツはネズミみたいにチュウチュウ言いながら、めそめそ泣いている。「ピュッツ」、アーデルハイトおばさんはきつく言う。「あんたは新しいドイツをわかってない、あんたは総統の建設の意志をわかってない。あんたみたいな年寄りは無理矢理悟らせるか、見殺しにするしかないんだ」。

のちにアーデルハイトおばさんは家屋管理人[7]の地位を勝ち取った。ようするに、本物の空襲がきたときには、おばさんは銃を手に持ち、家の住人はすべて彼女の命令に従わねばならないのだ。そしてその意志に従わないものを誰でも撃つ権利が、彼女にはある。

何千もの敵の飛行機も、銃と指揮権をもったアーデルハイトおばさんほどにはこわくないだろう。アーデルハイトおばさんの家の住人を殺すのに、敵機のパイロットは爆弾投下の必要もない。おばさんがじぶんでやってのけるから。その前に一階に住んでいる熱烈なナチ、シャウヴェッカーにおばさんが殺害されないかぎりは。かれは、ぶくぶく太って大きくて、黄色いスポンジみたいな人だが、市立劇場の舞台監督だ。かつては社会民主党員で、そのためにいまのポストも手に入れたのだった。やがて、かれは解雇されることになった。というのもかれは、みずから探し出し監督下においたエキストラの女性たちをしじゅう淫《みだ》らに触り、彼女たちに卑猥なことばかりし、それどころか子どもたちにも手を出していたのだ。わたしはあのブタ野郎を知っていたので、夜、ひとりきりのときに家の前でそいつに出くわすのが、いつもこわかった。結局かれは解雇されず、戒告処分を受けただけだった。ところでかれはいろいろつらい目にあったとかで、それゆえに反ユダヤ主義者になったのだとか。

かれには目を真っ赤に泣きはらした妻と三人の子どもがいて、子どもたちはみな、ヒトラーユーゲントだ。党では大変尊敬されているが、それは俳優のことや、市立劇場の職員についてもよく知っていたからだ。かれはどうしても家屋管理人になりたかった。アーデルハイトおばさんがいなければなっていただろう。けれどアーデルハイトおばさんは、冬期貧民救済事業[8]

宝くじの売り子の知らないところで、かれが「こんなからくじ売りから役立たずのがらくたを買うやつの気がしれない」と発言した証拠をつかんでいたのだ。それは冬期貧民救済事業の明白なサボタージュであり、アーデルハイトおばさんは告発するだけでよかった。彼女は、シャウヴェッカーが彼女を家屋管理人にさせるまで、かれをこわがらせることも心得ていた。戦争がはじまって大混乱になったら、かれはきっと復讐することだろう。

アーデルハイトおばさんはそれから、わたしに最低のことをした。そのせいで死ぬところだった。わたしはおばさんのところにはこれ以上住みつづけたくなかったから、アルギンのいるフランクフルトに向かった。かれはケルンにわたしを訪ねてくれたことがあったし、いつもわたしにやさしく、そのうえありがたいことに、かれはわたしのことを必要としてくれ、手もとにおいてくれた。

アルギンはもういろんなところに、もちろんベルリンにも行ったことがあった。そこでさまざまな新聞に記事を書いていた。それからかれは本を書き、いつの日かほんとうに有名になった。あらゆる新聞にかれの小説に関する批評が載った。ある小説の主人公はデパートでスリをはたらく女性だった。彼女は善良だったが、スリをするほかなかったのだ。レジ係からひどい扱いを受けて、のちにウエイターと関係をもつが、かれともしあわせにはなれない。

アルギンは当時、ラッペスハイムのわたしたちに本を送ってくれた。わたしたちもそれを読んだ。十一月で、ブドウの収穫も、観光シーズンも終わっていたから。父は毎晩、半ページずつ読んでた。でも、父が最後まで読み切った本なんてないと思う。

そのうえアルギンの本はのちに映画化され、コブレンツでも上映された。そこで、父とわたしとそのほか五人が村からわざわざコブレンツへ出かけていった。映画館はアルギンのもの、演じている俳優もすべてアルギンのもの。かれがそもそもすべてを作り出したみたい。客席案内係の懐中電灯までも。わたしたちは映画を見ながら、そんなふうに感じていた。外のポスターには大きな文字ではっきりと記されていた。「太陽のない影！　アルギン・モーダーの名作小説、映画化」。映画が面白いかどうかなんて、わたしたちにはどうでもよかった。うれしかったし、とても自慢だった。とくにわたしの父は。何も言わなかったけれど、その誇りは見てとれた。なぜなら映画の後、わたしたちみんなをケーニヒスバッハー・ブロイへと招待し、とても気前よくおごってくれたから。

その本を父はあとで食堂のカウンターの脇の小さなテーブルの上に置いた。そこにはいつも新聞も置かれていた。客はみなそれを目にすることになる。アルギンの写真やかれについての批評が掲載された新聞は、立派な額におさめられ、食堂のソファーの上に掛けられていた。

アルギンは父のために、背広、衣類、ウールのチョッキ、それに高価なブランデーを送った。父は酒類には一家言をもっていたのだ。父はといえば、アルギンに、エルツ川で釣った最大級の鮭と、うちのワインのなかで最高の出来の年のものを送った。村の人びとはアルギンのことでわたしたちをうらやみ、年老いた林務官は「モーダー、あんたは誇りに思っていいさ。あんたのせがれはひとかどの成功をおさめたんだ」とも言ってくれた。ひょっとしたら父は、アルギンが将軍になってくれでもしたなら、もっと自慢に思ったかもしれなかった。というのも、父は当時鉄兜団[9]のメンバーだったから。しかし結局のところ、アルギンが将軍になれなかったのは時代のせいだった。

　だから父には、アルギンについてのこんなにもたいそうな記事が、正真正銘、新聞に載っただけでじゅうぶんだったのだ。満足し、自慢にも思っていた。それどころか父は、村でただひとりアルギンの本を読み、「神はアルギンに多くの恵みを与え、豊かな才能を授けたのに、施し主を否認するとは無礼もはなはだしい」と言ったベンダー司祭に腹を立て、反論しさえした。

　目下、ベンダー司祭は拘束されている。地区統轄者の息子を、木の根本や便所のかわりに教会で用を足したという理由で、ぶちのめしたのだ。その若者はヒトラーユーゲントで重要なポストを占めていて、父親は地区統轄者であるばかりでなく筋金入りのナチで、突撃隊《SA》の隊長だ。

　アルギンの本はいまではカウンターの隣のテーブルには置かれていない。ナチの連中がブラックリストに載せたから。[10]ようするにその本は危険で、第三帝国が唱える建設の意志を破壊するというのだ。コブレンツのナチの新聞が、そう書いていた。父はもともとナチではなかったけれど、原始的な建設の意志には賛成だった。

　かれは客の目を気にして、ソファーの上には、額におさめられたアルギンの批評のかわりに、総統の写真を掛けた。父は、高い金を払ってじゅうぶんに教育を受けさせたというのに、アルギンが禁書になるようなものを書いたことに腹を立てていた。われわれは総統、そしてその国章にも敬意を払わなければならない、飲み屋の亭主ゼーゲブレヒトが強制収容所に入ったのは、みずからが招いたことなのだ、父はそう思っていた。

このゼーゲブレヒトは無類の大酒飲みだが、いまはそれにもまして飲んだくれている。あるとき酩酊状態のかれは、便所の床に鉤十字《ハーケンクロイツ》を描いた。ランベルツ・ピターが店で、その意味をたずねると、かれは大声をあげて、「ばか野郎ども、何を選んだかを知るがいい」と答えた。こうしたことがもちろんただで済むわけがない。

とにかくアルギンはひとかどのものになり、それは誰もが知るところだった。わたしは、それはすてきなことにちがいない、じぶんもこんなに輝かしい成功をおさめられたら、と思っていた。いまではもう、そうなりたいとは思わない。だってすべてのものはあっという間に壊れてしまうし、どんなものもずっと楽しいままでありつづけるわけではないから。

有名になったとき、アルギンはみずから何かを築こうとしていた。目下かれは、みずから築いたものに苦しみ、それはもはや逃れられない重荷となっている。新しい政権がアルギンの本を禁じたので、いまではお行儀のよいものしか書けず、もう以前のようには稼げない。かれが生き、朝から晩まで必死に働くのは、ただ住まいと家具のためだけ。有名になったとき、かれはボッケンハイム街道沿いの、美しい大きな部屋がいくつもある家を借りた。そのあたりは昔からずっと高級住宅地で、春には前庭でモクレンが咲く。

そのあとにアルギンはリスカと結婚した。彼女は背が高くて美しいから。リスカのことが好きでない女たちも「でも彼女には何かあるのよね」と言っている。かれが彼女と結婚したのは、彼女がかれのことを詩作する神とほめたたえたから、それに女は住まい同様、何かを築くのに必要だからだ。

家には高価な絨毯《じゅうたん》とクッションが備えられていた。それに、ある寒い冬にテーブルや椅子の脚を切って、ストーブにくべたのではないかと思わずにはいられないくらい、うんと背の低い家具も。もっとも家にはセントラルヒーティングがあったのだけれども。本を置けるように、壁は部分的にくり抜かれていた。この家はアルギンにとってみずから上演する壮大な演劇のようなものだった。人びとはそこに足を踏み入れ、拍手を送り、アルギンが主役であることを知らされる。

アルギンはもはや幸福ではない。リスカももうしあわせではない。わたしはふたりが大好きだ。かつてわたしがかれらを訪ねると、すぐに部屋と食事を用意してくれた。いまではわたしがかれらの家計すべてのめんどうを見ている。リスカはカオスしか作り出さない、それとぬいぐるみ。彼女はかつてベルリンで美術工芸の仕事をしていて、いまでもつづけている。それですこしばかりお金を稼いでもいる。そのぬいぐるみは、まぬけでイカれてたけど、笑わせてくれるし、愛されている。

＊

いままた、クルムバッハさんがみんなのぶんチェリーブランデーを注文する。明日はやることがいっぱい。夜、リスカの大きなパーティーがあるのだ。

今日の午後、ゲルティがわたしを迎えに来てくれた。彼女のバラ色のブラウスを買いに行くのだ。どれがいちばん似合うかわたしに聞きたいみたい。それどころかリスカまで、ようするに、わたしの服の趣味がいいと思っている。みんなわたしにセーターを編んでほしがる。それくらいならほんとうに、あっという間に上手に作れる。ひょっとして、わたしがいつかフランツと結婚するようなことがあれば、編み物ですこしは稼げるかも。けれどここフランクフルトでのわたしの交友関係は、フランツのなじみの連中とはまったく違ってる。わたしがここでつきあっているのは上品で、お金持ちで、知的な人たちだ。フランツとはけっして話があわないだろう。

＊

わたしたちは、ブラウスをもとめて街をぶらぶらしていた。ゲーテ通りやツァイル[11]の店を見てまわる。それからゲルティがとりあえずコーヒーを飲もうというので、そうすることにした。このカフェにはユダヤ人も来る。なぜならほとんどすべての店にある、「ユダヤ人お断わり」の貼り紙がないから。

上流階級のユダヤ人たちはそもそも、たいていは家にとどまっている。出かけたり、誰かに会ったりできるカフェが、フランクフルトにはまだ三つ残っていた。三つとも最高にすてきなカフェだったから、アーリア人[12]にとって、そこでびくついてなければならないのが、悲しかった。かれらは『デア・シュテュルマー』[13]が、やつらはユダヤ人のイヌだ、と書くことをおそれている。もし公務員だったら、クビになるだろう。失うべき仕事のない、一握りの勇気あるアーリア人だけが、そこへ行く。

一方、あえてロスマルクト広場のカフェに赴くのは、個人行動の勇敢なユダヤ人たちだ。かれらは、目立たないよう、アーリア人に見えるよう、おいしくもないヘレス・ビール[14]を飲む。それに対して、ほかでもないこのカフェでは、アーリア人たちはビールを飲まない。

ゲルティは、コーヒーと一緒にベルモットも飲もう、ごちそうするから、と言った。彼女はドアのほうばかり見ていた。しょっちゅう振りかえっていたから、首が痛かったにちがいない。ディーター・アーロンが来てくれることを期待していたのだ。

わたしはもう何度もゲルティに「じぶんを大切にしてね、それにディーターのことも」と言っていた。かれは第一階級と第三階級の混血児《あいのこ》[15]なのだ――わたしにはどうもこの言い方がしっくりこない。まあとにかく、ゲルティは人種法[16]のせいで、かれとつきあうことを禁じられている。そしてたとえゲルティとディーターがカフェの片隅で一緒に座っているだけだとしても、まあ手を握りあうこともあるけど、かれらは国民感情を扇情したがゆえに、すぐにも処罰を科されるかもしれないのだ。[17]でも女の子がある男性を欲しいと思ったら、法律が何だっていうの。もしもある男性がある女の子を欲しいと思ったら、そのとき、斧を持った死刑執行人がかれの背後に迫っていようが、ひとつのこと以外はすべてどうでもいい。もちろん、そのひとときが過ぎさったら、すべてがどうでもいい、というわけにはいかないのだけれど。

　ディーター・アーロンが禁じられた混血児《あいのこ》だなんて、けっして考えてはならない。かれは礼儀正しくて、やさしくて、若くて、そしておだやかでつぶらな瞳をしている。「精力的」とか、「有能」みたいな言葉からはほど遠く、かれの父親はこうした息子をちっともうれしく思っていなかった。父アーロンはガレージつきの豪邸に住んでいる、やり手の金持ちだ。カーテンや家具用布地を外国に販売している。ゲルティに言わせると、輸出だ。輸出は許されていて、禁じられていない。それだから父アーロンは、完全なユダヤ人[18]だったけれど、難なく商売をつづけてきた。それにかれは、ユダヤ人と言われるのを嫌がり、じぶんはユダヤ人ではなく、非アーリア人だと言う。

　ときどきわたしはアルギンとリスカとともにアーロン家に招待されるけれど、そうするときまってアルギンは父アーロンと口論になる。アルギンは反ナチで、父アーロンはそうでないから。父アーロン曰く、ナチの連中はドイツ的な意味での秩序を生み出し、共産主義者から救ってくれた。大きな高級ホテルでも一度だってからまれたことはなく、丁重な応対を受け、それどころか税務署では椅子が差し出される。ユダヤ人のなかにも劣等な輩[19]がいる、だからじぶんは反ユダヤ主義を理解できる、それにすばらしい軍人たちはじつに目の保養になる、というのだ。

　アーロン夫人はユダヤ人ではない。彼女は古くなった藁《わら》みたいに干からびていて、かたくなで、夫を手なずけている。息子のアーロンは、この非ユダヤ人女性との混血児《あいのこ》だ。かれの母は息子に首ったけで、そのさまはほとんど常軌を逸している。

ディーターはゲルティを愛しているけれど、同時に母親のことをものすごくおそれている。かつてかれは、父親のコネとカネの力で、化学工場で働いていたこともあったが、いまじゃそんなことはできない。かれの将来は、まだ誰にもわからない。さしあたり、父親を仕事の打ち合わせに車で送っていったり、ドーベルマンを散歩に連れていったりしている。それ以外の時間は、かれはゲルティをさがし、ゲルティはかれをさがしている。

ふたりが酒場で見つめあっていると、かれらを取り巻く空気は熱愛のあまり震える。店にいる人はみなそれに気づかずにはいない、こんなことがうまくいくわけはないのだ。かれらはただ生きているだけ。周囲を震撼させ、かれらがこの先どうなるのかについてなど、じっくりと考えてはいない。ゲルティは、神さまがきっと助けてくださる、じぶんはこんなにも美しく、神さまの性別は男性だから、と考える。ディーターは、母親の考えていることと、ゲルティが考えていることを、交互に考える。それにかれは父親のこともおそれている。

ときどき、ゲルティとディーターは将来のために何かを思い描こうとするけれど、たがいに見つめあうと、すべての考えが消え失せてしまう。

わたしは、危険な印象を与えないために、かれらと一緒に出かけることもある。好きでそんなことをしているのではないし、じっさいじぶんがものすごくばかみたいに思えてくる。すてきで感じのいいふたりだけれど、明日には刑務所送りになるかもしれない。どうしてこうも無茶なのだろう？　理解できない。ほかの人たちはダンスをしているけれど、かれらはダンスを禁じられている。ラジオからはベッドみたいにやわらかい響きの、ヴァイオリンの演奏が聞こえてくる。ワインのなかでカラフルな光が揺らめいている。ワインは酸っぱいけれど、わたしたちが飲むのは色とりどりの熱い光。わたしはフランツが恋しくなる。ゲルティの声はちいさく、打ちひしがれている。ウエイターがしじゅうこちらの様子をうかがっている――ひょっとするとかれは商売柄ゲルティを知っていて、明日彼女を突き出すかもしれない。ディーターも父親のせいでフランクフルトでは知られている。隣のテーブルにはナチのバッジを付けた連中が座っている――神さま、わたしたちはこの店から出て行かなければ。ほかの酒場を見つけなくてはならない、そしてまたさらに別の店を、そしていつかひどいことが起きるだろう。

もしかするとふたりは、許されていたら、こんなにも熱烈に愛しあうことはないのかもしれない。けれど、じっさいに好きあっているときに、なぜ人間は愛しあうのかしらと突きつめるほど、ばかげたことはない。

＊

さて今日の午後、ゲルティとわたしがロスマルクト・カフェに座っていたとき、ゲルティは、もしかするとディーターが来るかもしれないと思っていたのかも。彼女はもう何度も同じ時刻にかれとここに来ていたから。かれらは約束していたわけではなかった。なのにゲルティは、ディーターが来ないことに、怒りのあまり泣きわめかんばかりだった。これで彼女が次にようやくかれと会えるのは、明日のリスカのパーティーでということになる。そこにはアーロン家も招待されている。ふたりはアーロン夫妻とベティ・ラフに気をつけなければならない。ほかの招待客についても、みんながみんな安全だとは言い切れない。

ゲルティは、もう一杯ベルモットを飲もうという。彼女はとつぜん憔悴しきって、死んでしまったみたいにぐったりしている。まさしく、力をふりしぼり、恋い焦がれて待ちつづけた女のようだ。そしてそれはすべて無駄だった。バラ色のブラウスはもう要らない。それにもう、お金も足りないだろう。

わたしたちはブラウスを買わずに、帰ることにした。夕方の五時だった。

オペラ座広場は、おおぜいの人、鉤十字《ハーケンクロイツ》の旗、モミの木の花綱、親衛隊《SS》でにぎわっていた。興奮して準備する人たちが入り乱れ、まるで子だくさんの裕福な親がクリスマスプレゼントを渡すときのような有様だった。ドイツの人たちはしじゅう熱狂的な式典が行われることに慣れっこで、だからもういままでは、どうして祝典には花綱や旗がつきものなのか、と誰もたずねたりしない。

急に寒くなり、わたしたちは道を急いだ。ボッケンハイム街道に出たいのに、親衛隊《SS》の連中はオペラ座広場を横切らせてくれない。どうしてだめなの、いったい何があったの、とわたしたちは聞いた。けれど連中はあいかわらずあつかましく、もったいぶっている。ただ突っ立っているだけのくせに、わたしたちに答えてくれない。もしかするとかれらは頭のなかがいっぱいっぱいで、軍人ふうに肩をすくめてさげすむことしかできなかったのかもしれない。

ゲルティは怒りのあまり、すぐに瞳孔がひらいた。そうなると彼女は危険で、もちろん彼女自身にも最悪の危機を招くことになるのはわかっている。だからわたしは親衛隊員《SS》に、まるでかれがドイツの最高支配者であるかのように、のど飴のような甘い声で、ひどくへりくだってたずねた。まさしく、こんなふうに男たちは女の子に接してもらいたいのだ。

するとその親衛隊員《SS》は、総統が八時に、マインツ街道を通ってオペラハウスにやってくる、反対側に行くには回り道をしなければならない、と答えた。そうだった、総統が来るんだった！　すっかり忘れていた。ベルトヒェン・ズィーリアスが、列を突っ切って総統に花束を渡す女の子になると、ズィーリアス夫人は一日中、そればかり話していた。

雨が降ってきた。オペラ座広場には、どんどん人が集まっていた。たがいに押しあい、圧死してしまいそうなほど、危険な様子だった。みんな何かを見たがっていた。おそらく何が見られるのかを知らないものもいただろう。にもかかわらず、みんなためらうことなく命がけだった。

総統はのちに、民衆はかれを愛するがゆえに押し寄せた、と思ったかもしれない。けれど、それを信じるほどばかではないだろう。ケルンのカーニヴァルにはこれより何千倍も多くの人がやってきて、街灯や屋根のてっぺんに座っては、腕や足の骨を折る。でもそうしたことみんな、かれらにはどうってことない。つまりそれはかれらにとってスポーツにすぎないのであって、見物のための場所を確保しただけで自慢なのだ、その場にいたと信じ、誰かに言うことができるから。上品な人びとも、いつだって上品な何か、たとえば報道関係者主催のダンスパーティー[20]や舞台の初演に居合わせたと言いたがる。けれどとってもお高いから、そこでの混雑は、無料の催しにだけきまって集まるものすごい数の無一文の群衆とくらべれば、たいして危険ではない。

　わたしたちはマインツ街道へとやってきた。道には右も左も、突撃隊《SA》の連中が列を作っていた。こうした重要なイベントがある日には、突撃隊《SA》の数がいつもよりずっと増しているように見える。かれらは大体においてろくなことはしておらず、すこし縮こまって、うろついているだけだ。クルト・ピールマンもクルムバッハさんも、もう闘争の時代[21]ではないことに苦しんでいる。しかし今日は、かれらは大事なバリケードを作る任務を与えられていきいきしていた。

　ゲルティもわたしもほかの人たちも列を通り抜けたかった。けれどその列は、踏切のように、めったに開かなかった

　自転車に乗った、ひとりの陰気なやせた男が「やつらが通らせてくれない」と毒づいていた。かれはようやく新しい職を得、時間通りに出勤しなければならなかったのだ。遅刻してしまったら、めんどうや不利益を招きかねない。雇い主はしかたないと思ってくれるかもしれないが、かれに腹を立てることだってありうるのだから。人生、ほとんどいつもそんなことばかり――めんどうをおこすと、最悪なこと、むかつくことがその人にまとわりついて離れない。じぶんのせいか否かなんて、このさいどうでもいい。

「ばかなまねはよせ」、と地位の高い突撃隊《SA》員が自転車男に言い、水筒からコーヒーを飲んだ。「口をつつしめ、偉大な理想をおもちの総統に感謝せよ」。「ほう、そうかい、総統は理想を掲

げ、われわれは指をくわえて見ていろってか」。男の声は震え、見るからに神経がすっかり参っていた。その言葉を聞いた人びとは驚愕のあまり黙りこみ、突撃隊員《SA》は顔を真っ赤にして息を詰まらせた。男はとつぜん火が消えたかのように、がっくりときた様子だった。突撃隊員《SA》たちはかれを連行し、かれはそれに逆らわなかった。

自転車は地面に倒れていた。人びとはそれをとり囲んでたたずみ、興奮した状態で無言のままそれを見つめていた。自転車は雨のなかで反逆者のようにかすかに光り、誰もそれに触れようとはしなかった。ある太った貴婦人が怒りをあらわに、「ハイル・ヒトラー」の敬礼をするために腕をぴんと伸ばし、「フン」と叫び、足で自転車を蹴飛ばした。するとさらに多くの女たちが、それを蹴った。それから隊列が開いて、わたしたちは通り抜けることができた。

カフェ・エスプラナーデ[22]はオペラハウスの斜め向かいにある。カフェの外には夏は三色スミレが咲き誇り、カフェの中にはほぼユダヤ人しかいない。わたしたちはほんとうならボッケンハイム街道を下っていかなければならなかったのだけれど、でも街道はまだ封鎖されていたから、エスプラナーデへ行ったのだ。リスカに電話をすると、リスカは、簡単な夕食を作るつもり、ベティ・ラフも手伝ってくれると思う、と言った。そしてゲルティが母親に電話をすると、母親は、ヴュルツブルクのクルト・ピールマンが夜九時ごろ、ヘニンガー・ブロイで待っているって、と告げる。

クルト・ピールマンはゲルティを愛していて、結婚したがっている。かれの父親はゲルティの両親の店に大金をつぎ込んでいる。もしかれの父親が金を引き上げることになれば、店は潰れてしまう。そのくらいのことはわからなくてはいけない、だからわたしはゲルティを、ピールマンと会うよう説得する。彼女だったらかれを感じよくあしらうことができるし、まだ結婚する必要はない。キスも要らないし、そもそも何もしなくていい。

こういう男にはただこう言ってやればいい。あなたみたいな人がいてくれてほんとうにしあわせだ、国家社会主義《ナチズム》について教え、すばらしい思想の世界へと導いてほしい。わたしは、立派なナチ男性の伴侶になるには未熟だが、そうなるように成長していきたい。だからあなたは啓発的な読みものを送って、わたしが成長するのを手助けしてほしい、と。もちろんピールマンみたいなやつは啓発的な読みものを送るだろう、じぶんがそれを読んだと信じこむことができさえすれば。わたしは、父親やアーデルハイトおばさん、そしてほかのたくさんの人たちについても似たようなことを知っている。かれらにとっては読書は大変で退屈なことなのだ。かれらは一度たりとも『わが闘争』[23]をはじめから終わりまで読んだことがない、と誓ってもいい、もっともわたしもないけど。みんな買うだけ買って、ちょっとなかを覗《のぞ》いて、それで全部読んだと信じこんでいる。

ハイニィはこう言っていた。「かれらは本を買っても読まない。あるいは本を借り、返さず、読みもしない。はたまた読まずに返す。その本についてたくさんのことを聞きかじってはいるが、買ったり返したりするのがとてもめんどうになり、いつも着ているシャツのように、その本はかれらにとってすごくなじみのものとなる。そしていつのまにか読まずして本を知ることになる」。かれ曰く、こんなふうに何十万ものドイツ人がゲーテやニーチェ、そのほかの詩人や哲学者の本を、読まずして読んだ。そしてその点ではわれらの総統もゲーテと共通点があるのかもしれない、という。

＊

ゲルティとわたしはエスプラナーデに座っていた。周りの人たちがどんどんいなくなり、わたしたちだけになった。ユダヤ人たちはみな出ていった。スピーカーからは雷雨みたいにたけり狂う演説が流れてきた。カフェは、来訪予定の総統について、ドイツの自由について、そして熱狂する群衆についての話であふれていた。

ふたりの年配のご婦人が店に入ってきた。彼女たちはやせて清潔で、わずかな収入でやりくりする未婚女性、小さな町からやってきた旅行中の教師のようだった。彼女たちはコーヒーとホイップクリーム添えのリンゴタルトを注文した。それに手を付けようとしたところで、ラジオから「ホルスト・ヴェッセルの歌[24]」が流れた。するとこのオールドミスたちはスプーンを置き、立ち上がり、敬礼のために腕を伸ばした。そうせねばならない、誰かが見ていて告発するかもわからないのだから。ひょっとしたら彼女たちはたがいに相手に対して不安を抱いているのかもしれなかった。ゲルティとわたしも立ち上がった。

ラジオは一瞬、しずかになった。ウエイターが来て、ゲルティに、バルコニーから景色を見渡してみたいかをたずねた。せっかくここに来ているのだから、もちろん見たかった。わたしたちはウエイターとエレベーターで上り下りしたが、バルコニーはどこも人でいっぱいだった。けれどウエイターがやっと、わたしたちを押し込めるバルコニーを見つけてくれた。かれ自身は、何が見えるかにまったく関心はなかった。

わたしは太った男の膝の上になかば座ったような状態だった。顔ははっきりとはわからなかったけれど、かれの息は、たえず顔をめがけて飛んでくる油くさいボールのようだった。わたしたちの後ろにはエレガントな紳士と貴婦人が座っていた。そのふるまいはしずかで、劇場のボックス席に着いているかのように品よく注意を傾けていた。そしてゲルティも、わたしたちはじぶんたちに不釣り合いな劇場の座席の無料券を手に入れ、場違いな格好をしている人みたいに思えてくる、と言った。

公園のようなオペラ座広場の右側には黒い人の海ができあがっていて、それが波のようにゆっくりとうねりながら、上下に揺れていた。かれらにはかすかな光がそそがれていた。あけられた場所では興奮した親衛隊《SS》の連中がものすごい速さで跳ねまわり、熱狂的に腕を振っていた。そのあとは相変わらず何も起きなかった。

ときどき人の波から失神した女性たちが親衛隊《SS》の男たちに運ばれていったので、バルコニーの見物人もそんなに退屈せずに待っていられた。

とつぜん、通りの上を車がすべっていく。浮遊する羽毛のようにしなやかですばやい。そしてとってもすてき。これまで生きてきて、こんなすばらしい車を見たことは一度もなかった。それもすごくたくさんの車、ものすごくたくさん。大管区長官《ガウライター》や党の大物の男性たちが全員こうした車に乗っていて、壮観だった。みんなきっとすごい金持ちなのだろう。フランツのことを思い浮かべ、想像する。かれがあと百年生きるとして、朝から晩まで働くなら——もっともいつも仕事があればの話だけれど——、そして百年酒も飲まず、タバコもやらず、一に貯金、二に貯金、てなかんじに暮らしたら、それでも百年後にもかれはこんな車は買えないだろう。ひょっとしたら千年経ったら。でもいったいどんな人間が千年[25]生きるっていうんだろう。

　すてきな車を見るとうれしくなった。上から見ると疾走するピカピカのイカしたカブトムシみたいだ。そして眼下にはたくさんの人たち、おそらくもう待ちくたびれて死にそうになってたその人たちも、ようやく見るべきものが差し出されてよろこんでいた。もっとも見えたのは前のほうに立っている人だけだったのだけれど。

　遠くから「ハイル・ヒトラー」という叫び声があがる。群衆の叫び声がどんどん近くに押し寄せてきて、今度はわたしたちのいるバルコニーまで上昇してきた。間延びした声、しわがれた声、疲れ気味の声。そしてゆっくりと一台の車が通り過ぎ、そのなかで総統が仮装行列を率いるカーニヴァル王子[26]のように立っていた。でもかれはカーニヴァル王子のようにゆかいでも陽気でもなく、もちろんキャンディーも花束も投げてはくれず、ただからっぽの手を挙げたただけだった。

　水色の丸いものが黒々とした列から、車のほうに向かって転がり出た。それは今日の列破りに指名されたベルトヒェン・ズィーリアスだった。総統はしばしば子どもと写真に収まることを望む。けれど見たところ今回は、その気はないようだ。ベルトヒェンは大きな花束を抱えた、ひとりぼっちの小さな点のようにたたずんでいた。

総統が通りすぎる。親衛隊《SS》員たちはベルトヒェンをひざまずかせる。フラッシュがたかれ、シャッターが切られた。これでおそらくはベルトヒェンは新聞に載ることになるのだろう。総統の代わりに親衛隊《SS》と一緒に写っているだけなのだけれど、それでもズィーリアス夫人にはわずかな慰めにはなるだろう。

オペラハウスの長いバルコニーには目下の有名人たちがおごそかに姿をあらわし、たがいにお辞儀をしあい、民衆にも挨拶をした。かれらはじっさいちっともおもしろいことをしなかったが、人びとはかれらを見物することを許されていた。

ゲルティは、ほんとうはみんな、こういうえらそうな男たちを見るのはあんまり好きじゃない、えらそうな男たちのほうがずっと、わたしたちに見られるのが好きなのだ、と言った。

一方、わたしたちのバルコニーにいるご婦人方は、ブロムベルク元帥[27]や、上着に赤いものを着けたゲーリング[28]——かれがいつも好んで独創的な衣装をまとっていることは、写真からみんな知っていた——といった人たちに気づいて、とてもよろこんでいた。特別な服を着てわざわざ目立たなくても、すでにとっても有名なのに。

アルギンのところにときどきひとりの若い男性が訪ねてくる。かれは役者なのだが、どことも契約を結べず、外見で印象づけようと、いちばん高いネクタイを締め、さらにはピカピカの豚革の手袋をしている。ゲーリングはもう、かれなりの契約を結んでいるというのに。他方、疲れはてた映画俳優たちは、けっして休むことなく、いつもいつも繰り返し、最新の流行や究極の輝きを提供しなければならない。ゲーリングみたいな連中だって、民衆にいつも新しいものを披露しようと、たえず考えているにちがいない。そのうえこの男たちにはさらに国を支配する時間も必要なのだ。わたしには、かれらがどのようにすべてをこなすのか、とうてい想像もつかない。総統はじつのところ、かれの国民におひろめするために写真を撮影されることに、もっぱらほぼすべての人生を捧げている。[29]このものすごい仕事ぶりだけでも思い浮かべてみるがいい。ひっきりなしに、子どもたちやお気に入りの犬と、野外でも、屋内でも、写真を撮らせることを。それに加えて、いつも飛行機で移動し、延々とつづくワーグナーのオペラを、かれが身を捧げるドイツ文化である、という理由でじっと座って観劇していることを。[30]

名声には犠牲がつきものだ、とマレーネ・ディートリヒ[31]についての記事で読んだことがある。総統はラディッシュとハーブを混ぜこんだチーズと黒パンしか食べないと、よく言われている。これもまた名声ゆえの犠牲だ。ハリウッドの映画女優たちは、太ってはならないので、ほんのすこししか食べないこともある。そして彼女たちは、美しくあるために、酒もタバコもやらない。リスカはときどき、やせるためだけに空腹で死にかけている。

わが総統にはとりわけスリムな美しい体型が重要なのだろうか。だってかれはいつも写真を撮られ、週間ニュース映画や全国党大会映画[32]にも出演しているから。かれはひょっとすると、明らかに太りすぎのゲーリングやライ大臣[33]、そして多くの市長や大臣たちとのコントラストを強調したいのかもしれない。日々、雑誌に載ったかれらの写真を見ていると、そんな感じだ。

これらの面々はようやくオペラハウスのバルコニーに姿をあらわした。もう夜になっていたのでかれらには照明が当てられていた。国防軍を際立たせるために、広場の照明は消された。かれらは、輝く鉄製ヘルメットを頭にかぶり、手には松明をもち、軍隊の音楽に合わせてバレエみたいなものを踊っていた。それは軍楽セレモニーで、歴史的瞬間を表現していて、とてもきれいだった。

世界は大きくて暗青色、踊っている男たちは黒くて整然としていた――顔もなく、押し黙って、黒い動きをしていた。わたしはある文化映画で黒人の戦闘の舞を見たことがある。それはもっといきいきとしていたが、国防軍の踊りもわたしはとても気に入った。

Ⅱ

群衆は散り散りになっていった。支配者たちはそのイカした車であっという間に姿を消し、国防軍の兵士たちは音を響かせながら、行進してその場を立ち去った。地面にうち捨てられた松明がくすぶり、暗闇を照らしていた。その火を踏みつぶす人はいなかった。

街灯がぱっと点《とも》り、あたりはふたたび明るくなる。

ヘニンガー・ブロイの前まで来るとわたしたちは、突撃隊《SA》の制服を着た、興奮冷めやらぬクルト・ピールマンと出くわした。かれ曰く、すべてをこの目で見たとはすばらしい、いまはものすごくビールが飲みたい、と。

かれはほとんどむりやりゲルティをじぶんの隣に座らせた。酒場にいる人たちがみな、彼女はかれのものだと考えるように。店はどんどんいっぱいになっていった。興奮のあとにはいつも、人びとはビールを飲みたがる。

背が高くて太ったクルムバッハさんが、汗まみれになってやってきた。かれは真っ赤な腫れぼったい顔をして、わたしたちと同席させてくれと頼んできた。今日の出来事を語りたいのだそうだ。

かれのことは知っている。かれは、わたしやアルギン、ゲルティ、リスカ、そのほかの知り合いがよく行く栗鼠屋のウエイターなのだ。クルムバッハさんは店でいつも、わたしたちにいちばんすてきな席を案内してくれるし、いつだってとっても親切だ。かれはもうすでに四度、総統を見ているが、それでもまだ足りないと言う。

クルムバッハの親はタウヌス[34]で小さな食堂を経営して、そこには数年前に何度も総統が立ち寄ったのだそうだ。クルムバッハはよくその話をするけど、毎回すこし違っている。語るたびに、総統の訪問回数は増えていた。しだいにわたしたちは、総統は人生の半分をクルムバッハ家で過ごし、総統がいなければクルムバッハが生きていけないように、総統もクルムバッハなしには生きられないのではないか、という気がしてきた。いまではもう、クルムバッハの話にはどれくらい嘘が混ざっているのかを判断することはできない。かれ自身はとても誠実な人間で、勘定の際も、けっして釣り銭をごまかすことはない。かれは、年季の入ったナチの闘士であり、そうありつづけたいと思っている。

かれは昨年、ニュルンベルクの党大会を訪れた。そのために新しく制服とブーツを分割払いで作らせた。ニュルンベルクの党大会への参加は人生最大の出来事だった、それについてなら何時間だって話せる、とかれは言う。けれどきまって話すのは、花火のあいだ[35]地面が揺れ、ほんとうに振動して、そこにいたらきっとわたしもわくわくしただろうということだけだ。

よりによってナチのクルムバッハの前で、ゲルティは最高に危険な方法で、クルト・ピールマンに悪態をつく。さっきまでピールマンは、国防軍のことでしあわせな気分になっていたのに、いまではもう、国防軍のほうが突撃隊《SA》よりすてきだとゲルティが言ったせいでいらだっている。もちろんピールマンは即座に、ゲルティにはナチの世界観がわかっていないと言う。それはナチ党員たちが腹を立てたときに用いる決まり文句だ。これに対してゲルティはその世界観とやらを説明してほしいと主張する。いうまでもなくクルト・ピールマンは、それがわからないなら説明することはできない、と言う。ゲルティとわたしはもう何千回も、こうした問いはわたしたちに怒りしかもたらさないことを経験していた。

クルムバッハはとても愛想よく、まさしくすべてが総統の人格によるものだ、われわれは総統の目を見なければならない、総統はつねに有言実行である、と話す。それにしても総統はどれほどご自身の演説に身を捧げていることか。ゲッベルスはたしかに演説のなかですばらしく鋭いことを言うが、総統にあっては、それは魂の献身である、と。

わたしはテーブルの下でゲルティの足を踏みつけて合図するが、彼女は黙っていない。ゲルティは、総統はユダヤ人はみなニンニクくさいと明言したことがあったが、総統が何人のユダヤ人のにおいを嗅いだことがあるのか一度聞いてみたいものだ、と言う。だって、もしも誰かが鼻持ちならないのなら、においを嗅ぎにしじゅうその人たちに近寄るなんてことはありえないし、ちなみにわたしの知っているユダヤ人はにおわないし、ニンニクはわたしだって大好き、とも。それに対し、驚愕したピールマンは興奮気味にこう反論する。ゲルティがそんなふうに話すのは、彼女が人種的に汚染されているからだ。するとクルムバッハはピールマンをなだめようと、じぶんもきちんとしたユダヤ人を知っていると言い、みんなにもう一杯チェリーブランデーを注文する。

やれやれ、ようやくゲルティを化粧室に連れ出せた。

隣のテーブルの親衛隊《SS》員がわたしたちのあとをつけてきて、ひどく丁重にゲルティにたずねた。あとでどこか別なところでもう一杯やらないか、それとも決まった人でもいるのか。もちろんきみにも来てほしい、ぼくの仲間も来るから。どうかそんなそっけない、拒絶するような態度は取らないでくれ、きみたちも今日、軍楽セレモニーを見たんだろう、と言う。親衛隊《SS》員の目はゲルティにはり付き、ひとときも離れることはなかった。かれによれば、ここのところ親衛隊《SS》はとても忙しかったから、いまのじぶんは、残念ながらいつもみたいにはぱっとしない。軍務に就いたら、つねに緊急出動態勢なんだ。いつでも敵機の襲来に備えている、フランス軍がすべてを放棄するなど、まったくもって信じられない。やつらは卑劣だから、抵抗することも計算に入れねばならない、とか。話を聞いているうちに、わたしたちはなんだかひどく気味がわるくなってきた。総統がそれを望み、部隊の行進を命令し、それによってわたしたち人間はみな、ほとんど何もわからないまま、もっとも危険な状態に置かれていたのだ。

有毒ガスがわたしの身を引き裂かなかったとしたら、それは偶然にすぎない。総統はすべてを危険にさらす。かれのひと言で明日にでも戦争は始まり、わたしたちはみんな死んでしまう。わたしたちの命はすべて総統の手中にゆだねられている。

親衛隊《SS》員は真剣なやさしい目をする、まるでかれがわたしたちを救い、この先もずっと助けてあげたいとでもいうかのように。かれが話をすこし中断すると、ゲルティは、かれを振り払うために、即座に、またしてもぞっとするようなことを口にする。いつだって卑劣な態度でナチの連中を困らせたくてたまらない彼女は、親衛隊《SS》員に向かって、あなたとはお目にかかれない、残念だけどじぶんはユダヤ人だから、と言う。それはまったくの嘘だ。怒りと、悪ふざけと、泥酔状態にまかせてそう口にしたにすぎない。もちろん親衛隊員《SS》にはまたたく間に冷ややかな憎悪の表情が浮かぶ。「なぜそれをすぐに言わなかったのか？」そもそもかれがわたしたちにひと言も喋らせようとしなかったくせに。ゲルティはつづける。自身の血に聞いてみればいいのに、なぜしかるべく教えてくれなかったのかと。わたしは、取り返しのつかない事態を避けようと、急いで言った。「友人はほんの冗談のつもりだったのです。彼女がユダヤ人でないことはもちろんすぐわかりますよね。彼女は前から約束していた親しい突撃隊員《SA》と同席していたので」。それにたいして親衛隊員《SS》はひどく感情を害して、かかとを打ち合わせた直立不動の姿勢をとり、「こうしたことを冗談で言うものではない」と言った。

ようやく化粧室でゲルティとふたりきりになれたとき、わたしは彼女に言った。こんなふうに政治的に無分別な態度をとれば、あなたにも家族にも不幸を招きかねない。クルムバッハがクルト・ピールマンを落ち着かせてくれることを願うしかない。あとでピールマンに、彼女が憤激して、親衛隊員《SS》からの誘いを冷淡にはねつけたと話したほうがいいと——突撃隊員《SA》をなだめるにはこれ以上の方策はない。親衛隊員《SS》は一般には、総統のもっとも親密な護衛部隊として格上のものとみなされていて、そのことに突撃隊員《SA》は苦しんでいたから。もっとも現在、いちばん品がよく、最高位を占めていたのは国防軍だ。それゆえ親衛隊員《SS》たちもまた、国防軍の優位に悩まされている。

クルムバッハさんは言った。総統によってドイツ国民はひとつになった。けれどまた、ひとつになった人びとどうしでうまくやっていけないことも事実だ。それは政治的統一とはおそらくそれほど関係ないだろう。

＊

ヘニンガー・ブロイのトイレには個室が三つあって、そのうちひとつは掃除道具置き場だ。ゲルティとわたしは、会話を聞かれないように、個室のなかを確認した。

かつて、女の子が連れ立ってトイレに行くのは、いつだってとっても心地よかった。おしろいをパタパタやって、あわただしく男の人とか恋愛についての話をした。髪の毛をとかして、相談しあったものだ。同席している男性に家まで送ってもらうべきかどうか、ひょっとしたらすぐにも調子に乗って、こっちはその気がないのに、キスをしはじめるかしら。そしてこっちにその気がある場合は、こういうタイプの男の人はじぶんのことをきれいと思ってくれないかもしれない、とすごく不安になったものだ。女の子たちはトイレで、熱くなってたがいにアドバイスしあい、こうしたアドバイスはまったくばかげていることもよくあったけれど、でもすっごくおもしろくて、楽しい会話だった。

いまはこうした空間にも政治が入り込んできた。ゲルティは、こういうトイレの入り口にトイレおばさん[36]がいなければずっといいのに、ハイル・ヒトラーと挨拶しなければならないし、おまけに使用料の一〇ペニヒを払わなくちゃならない、と言う。

ゲルティがとつぜん泣き出す。今日はディーターに会えなかった。慰めてあげなくちゃ。こんなかわいい女の子が、当局が許可した男たちが山ほどいるのに、よりにもよって交際を禁じられた混血児《あいのこ》を好きになってしまうなんて。複雑な仕組みのビジネスのために役所のルールに通ずるだけでも難しいのに、いまでは、わたしたちは愛についてのあらゆるきまりまで知らねばならない。ぜんぜん簡単なことではない。過ちを犯さなくても、去勢される[37]こともあれば、刑務所に収監されることもあって、いやな感じだ。愛があらねばならぬ、ドイツ女性として子どもをもうけなければならぬ、だって。でもいつだってまずは感情のやりとりが必要だ。このやりとりの過程で法的に間違いを犯してはならない。もっとも安全なのは、もしかするとそもそも誰も好きにならないことかもしれない。それが可能なかぎりは。

ゲルティは泣きはらした目を洗う。そろそろもとの席に戻らなければならない。わたしの頭のなかでは、考えが色とりどりの毛糸玉となってうなり声をあげていて、そこからわたしは言葉を――そう、言葉から靴下を編みあげなければならない。あまりにゆっくり編むものだから、ちょっと前まで何を言いたかったかを忘れてしまい、もうすこしで編み目をひとつ落とすところだった。

おやまあ、今度はブライトヴェアさんもやってくる。彼女も酒場の客なのか。「ハイル・ヒトラー、ブライトヴェアさん」。

彼女はリービヒ通りで輸入食品店をやっていた。髪はホコリまみれで、太っていて神経質だった。彼女が帽子をかぶっていると、きちんと頭にのせていても、いつも帽子がずり落ちて見える。わたしたちは彼女の店の上客で、そこでコニャックやオレンジ、北海のエビの缶詰を買う。アルギンは相変わらず朝食にエビを食べるのが好きだ。旅行に出た気分になるのだ。

店にブライトヴェアさんがいるときは、みんな彼女にびくびくしている。すごくせっかちで客にもきびしくて、三人いる従業員は、給料もよくないのに、彼女のことをとてもおそれている。しかし外出するときのブライトヴェアさんは、巣から落ちて雨でずぶ濡れになった鳥みたいに、なぜかかわいそうに見える。本物のギンギツネの毛皮を身につけているにもかかわらず。毛皮は彼女を引き立ててくれないけれど、彼女は必死の思いでそれを勝ちとったのだ。

ブライトヴェアさんがしじゅうギンギツネの毛皮を夢に見て、クリスマスに夫からプレゼントしてもらいたがっていたことは、通りの住人なら誰でも知っている。かれは背が低く、彼女をおそれているが、彼女も夫をおそれている。おそれとは、なんとなく相互的なものだ。かれはクリスマスに妻にギンギツネの毛皮を贈るつもりだったが、結局その段になって、それよりずっと高価な洗濯機をプレゼントした。ひょっとしたら後になって妻が毛皮を軽はずみな無駄遣いとみなすかもしれないと、おそれたがゆえのことだった。

そのときからブライトヴェアさんは、絶対に夫には気づかれないように、いつも店のレジからそっといくばくかのお金を取りのけておくようになった。

へそくりがついにじゅうぶんな額になったとき、彼女の夫も店にいる時間に、職務管理人[38]ズィーリアスの妻が店にやってくる手はずになっていた。事前に指示を受けたズィーリアス夫人は、安物の古い偽の毛皮を売る必要に迫られているふりをした。彼女がブライトヴェア家に借りている金の返済の一部に充てると称して、その毛皮をズィーリアス夫人はブライトヴェアさんにあげるというていになっていた。わたしたちはズィーリアス夫人から、この件の一部始終を聞いていた。彼女はわたしたちのお隣さんなのだけれど、毎日、通りで会う人全員にあったことを全部言いふらさないと死ぬんじゃないだろうかと思うほどだ。

ズィーリアス氏は最近、職務管理人および街区管理人[39]になった。功名心の強い人間にとっては栄誉であり、よろこびだ。けれど、この仕事ではたいして金は稼げない。ズィーリアス氏は地方健康保険組合に勤めている。かれがボランティアで数多くの仕事をするようになってから、いままでの給料では足りなくなり、一方で日に日にかれの要求は高くなっていく。運動の闘士であり、その一員だと感じるために、夕食にはヴュルツブルクの瓶ビールと大量のロースハムをもとめるようになった。かれにはこうした実感がとりわけ必要なのだ。というのも、かれは政権転覆の直後、最後の瞬間に入党したから。だがそのことは誰にも知られてはならない。

ロースハムと瓶ビールを用意するのはかれの妻の義務だ。どんな女性にとっても結婚はただではすまない。そしてズィーリアス夫人はブライトヴェアの店ではつけで買い物をしていた。彼女は夫も、かれの参加している運動も英雄のようだと感じていた。だから彼女は、市の職員として大切な税金を納めなければならない夫の給料がわずかでも、かれのためになんでも満足のいくように準備したいと思っているのだ。ズィーリアス夫人は輸入食品店主のブライトヴェアにこのつけ払いの借りがあった。そのうえふたりともナチ女性団のメンバーで、たがいに助け合わねばならなかった。そこでは、彼女たちは闘い、公共の福祉を考え、ドイツ流にたがいの結びつきを感じ、それを行為と民族舞踊で証明しなければならない。

ブライトヴェア氏はズィーリアス夫人の偽物のギンギツネの毛皮の一件を鵜呑みにした。そのあとでブライトヴェア夫人は毛皮商のゴーデンハイマーへ行った。ユダヤ人の店で、ドイツ女性はユダヤ人のところでは買い物はしないと常々言われていたけれど、ゴーデンハイマーの店はもっとも美しく、もっとも手頃なギンギツネの毛皮を販売していたし、「敬愛する奥さま」と言われると、ブライトヴェアはわるい気がしなかった。結果として、彼女は毛皮を購入したのだった。彼女がギンギツネをまとうと、まるでゴージャスな毛皮が貧相な女を連れて散歩に出たように見える。

＊

ブライトヴェアさんはちょうど化粧室で手を洗いながら、ゲルティを興味深そうに見つめている。ゲルティが泣いたことがまだ見て取れた。ブライトヴェアさんは、じぶんたちは奥の隅のほうに座っていて、すごく心地がいいから、仲間に入って、男女交互に座らないか、と声を掛けてくる。ズィーリアス一家も一緒だと言い、わたしたちに、ベルトヒェンが列を突破する様子を見たかをたずねる。列に並ぶ際、あの子はあんまり要領がよくなくて、しまいには具合がわるくなってしまっていた。ベルトヒェンが総統に渡すはずだった見事な花がもったいない。

「ニースから取り寄せたそれはすばらしい白のライラック、ズィーリアスがフランクフルトの最高級生花店に特注したんだよ」。正しいお金の使い方とはいえないかもしれないが、ブライトヴェアさんも今回は何も言うつもりはない。こういう特別なケースではいちばん高価なものでちょうどいい。ただし彼女は娘のマリアのためにはライラックではなくバラを用意した。バラのほうが子どもにはぴったりだ。総統もきっとバラのほうがずっとうれしいだろう。

ブライトヴェアさんの口からはひどい妬《ねた》みと怒りがあふれ出る様子がうかがえる。彼女にも五歳になる娘、マリアがいる。総統がフランクフルトを来訪すると聞いたとき、彼女は、なんとしても娘を列を破って花を渡す女の子にさせようと力を尽くした。しかしながらズィーリアス夫妻も娘のベルトヒェンが列破りとなることを望み、職務管理人ズィーリアス氏は夜な夜な、ベルトヒェンが総統の前で暗唱する詩の執筆に取り組んだ。

マリアはベルトヒェンよりも美しい子どもだったから、選ばれたかもしれなかったけれど、ブライトヴェアさんはみずからわが子を引っ込めなければならなかった。ギンギツネが禍《わざわ》いしたのだ。ズィーリアス夫人はペテンのすべてを知っていて、それをブライトヴェアの夫にばらすことができたから。彼女はブライトヴェアさんがユダヤ人の店で買ったことも知っていて、そのことをナチ女性団で話す可能性もあった。こうしたことすべてにブライトヴェアさんは大きな不安を抱き、ベルトヒェン・ズィーリアスが列破りになるのを許し、一緒に見物しなければならなかった。

それでもブライトヴェアさんは一抹の期待を抱いていた。ベルトヒェンが風邪を引き、熱を出していたのだ。そのうえ朝から晩までベルトヒェンは総統への詩の暗唱を練習しなければならず、声はかすれ、のどの痛みも訴えるようになっていた。「ズィーリアスさん、その子は寝かせといたほうがいい」とブライトヴェアさんは今朝も助言したところだった。ズィーリアスさんはどっちみちほとんどそうするつもりでいた。が、彼女にそう言ったのがよりによってブライトヴェアさんだったので、ズィーリアスさんは、ブライトヴェアさんに勝利のよろこびを与えまいと、そうしなかった。それにニースから取り寄せた高価なライラックの支払いも済ませてしまっていたし、ズィーリアス氏は詩を書き、ベルトヒェンは懸命に練習して、ようやく正しいアクセントもマスターしたところだったのだ。

✴

わたしたちはズィーリアス家とブライトヴェア家のテーブルの輪に加わった。そこにはたくさんの突撃隊員《SA》や親衛隊員《SS》も一緒に座っている。わたしは全員を知っているわけではない。ここに座れてよかった。クルト・ピールマンは仲間たちとのおしゃべりに気を取られているので、ゲルティはこれ以上かれに悪態をつくことができない。わたしの隣にはクルムバッハさんが座っていて、その顔は、昇る朝日のように、真っ赤に燃えている。みんな入り乱れて、語りあい、笑い、はしゃいで叫び声をあげている。ズィーリアス氏はものすごい大口を叩く。かれは太っていて、青白くて、脂ぎっていて、その広く黄色くはげあがった頭頂部に黒い髪の毛がちょこんとのっかっている。目は黒い甲虫のように輝いている。「おれのおごりでみんなにもう一杯！」

みんな陽気で、すでにすこし酔っ払っている。ズィーリアス氏はほんとうに全部払うつもりなのか。どうしてそんなことができるのだろう。かれはゲルティに何を飲みたいかをたずねる。ピールマン、クルムバッハ、そしてわたしにも。「今日はすべておれのおごりだ！　ベルトヒェンはどこだ？」

ベルトヒェンは、ずっと腕に花束を抱えたまま、酒場のなかを駆け回っている。ライラックはもうすっかりしおれて、すこし黄ばんできている。けれど、高い花であることは一目瞭然だ。ニースからドイツまでの花束の運搬に、どれくらいの時間がかかるのだろうか。こうした鉄道旅行も花には負担だったにちがいない。もしかすると飛行機で運ばせたのかもしれない。五月にはドイツでもライラックが咲く。モーゼル川沿いのわが家の庭にも大きな茂みが三つある。じつに美しい茂みだけれど、一つひとつの花は、このニース産のものほど大きくはない。わたしも一度ニースに行ってみたい。旅行に出かけてみたいな……。

「ベルトヒェンときたらもう、花束を返してくれない、うん、どうしたのかいベルトヒェン」。ズィーリアス氏は笑う。花束はベルトヒェンよりも大きいので、子どもを引き連れた花束がずっと酒場を駆け回っているようだ。空色の絹のワンピースを着ているが、もうしわくちゃでしみだらけだ。ベルトヒェンはやせて青白い顔をしている。ズィーリアスさんは昨晩、彼女の細い髪を水で湿らせて、少なくとも三時間はかけてたくさんの小さなお下げに編んだ。すべてがこの子のためだった。今日の昼、お下げ髪をほどいた。そしていま、きつくカールのかかったブロンドの髪がベルトヒェンの頭から突き出ている。

しずかに誇らしげにズィーリアスさんは座っている。彼女は細くて、小さくて、血色がわるい。近眼の彼女は、安物のニッケル眼鏡をかけている。

「ベルトヒェン」とズィーリアスさんは呼びかける。「ベルトヒェン、何か飲みなさい。そのワンピースはどうしちゃったの。すぐに寝ましょうね」。あの子はコニャック入りホットミルクをほんのすこし飲まなければならない。ズィーリアスさんは、この子はひどい風邪を引いていたの、と言う。親衛隊《SS》員たちは、ベルトヒェンはじつにいい子だった、と言う。みんながベルトヒェンを気にかけて話しかけ、クルムバッハさんは彼女を膝の上に乗せる。ズィーリアス氏はさらに全員にビールとチェリーブランデー、葉巻にタバコを注文する。

とつぜん、ベルトヒェンが泣きはじめる。「どうしたのかい」とズィーリアス氏は声をかけ、ベルトヒェンは、総統と握手できなかったから悲しいんだ、と言う。みんなから慰められ、夫のほうのブライトヴェアさんがチョコレートを買ってあげると、ベルトヒェンはふたたび笑う。明日には親衛隊《SS》のやさしいおじさんと一緒にベルトヒェンの写真が国民新聞に載るのだから、誇りをもちなさい、とクルト・ピールマン。

「わたしは詩も覚えているの」とベルトヒェンが言うと、ズィーリアス氏はよろこびに顔を輝かせる。そう、ベルトヒェンはその詩を披露すべきなのだ、「詩を暗唱したいんだね」。さらにもう一杯ずつズィーリアス氏はみんなにおごる。その場にいるみんなが、ベルトヒェンにその詩を暗唱してほしいと思っていた。「うちの人にはなんていうか詩的素質があるからね」とズィーリアスさん。いつもはそんなにお喋りじゃないのに。「この子はもうベッドの時間だ」

とブライトヴェアさんが言い、不機嫌そうな表情を浮かべる。椅子の上には大きなライラックの花束を抱えたベルトヒェンが立っている。その声はちいさく弱々しい。

わたしはドイツの女の子
おお総統、あなたに
ドイツの地からお花をお持ちします。

「静粛に」、数名の親衛隊《SS》が、お喋りしていてベルトヒェンに気づかないテーブルのほかの人たちに命令する。「しずかにしてくれないかね、われわれのちいさなヒロインがここで詩を朗唱しようとしているのだから」。

あなたはわれらにふたたび兵隊を送ってくださいました。

「ベルトヒェン」、興奮して期待に満ちたズィーリアス氏は耳を澄まして聴いている。「ベルトヒェン、どうしたんだい、何か言葉を飛ばしたよ」。ズィーリアスさんはベルトヒェンのワンピースを引っ張ってきちんとさせ、しみを落とそうとしている。「ホットミルクをもっと飲みなさい、ベルトヒェン。もう冷めてしまったけど」。

「ズィーリアスさん、ご自身で詩を書いたのかい」と、クルムバッハさんはズィーリアス氏にたずねる。「こういったものは一種の才能で、われわれの一族にも……」。「さあ静粛に」。ベルトヒェンはふたたび冒頭から暗唱をはじめる。

わたしはドイツの女の子
そして未来のドイツのお母さん
おお総統、あなたに
ドイツの地からお花をお持ちします。
あなたはわれらにふたたび兵隊を送り
ドイツ民族に名誉を与えてくださいました
そのことを若者はあなたに大変感謝しています。

「ブラヴォー」とみんなが叫び、拍手をする。「ブラヴォー、ハイル・ヒトラー。この詩は是非とも総統に聞いていただきたかった」。「手紙に書いて、郵送しましょう」とズィーリアスさん。「でも、まだ終わりじゃないの。さあ重い花束はこっちによこして、ベルトヒェン。ああそう、渡す気がないのね。なんて頑固なの」。

われらはけっして敵をおそれない

あなたはドイツ民族をひとつにしてくださった
ドイツの陽が昇ることをめざして。

「ジークハイル」、ベルトヒェンがとても大きな声で繰り返し叫ぶほど、その顔はどんどん紅潮していく。「ジークハイル」。みんな笑い、熱狂する。ズィーリアス氏はしあわせで、娘を誇らしく思い、さらにもう一杯みんなにおごる。ブライトヴェアさんはもはや怒りをおさえきれず、もうたくさんだから帰りたい、と夫に言う。ベルトヒェンは相変わらず椅子の上に立ち、もう一度詩を朗唱する。

わたしはドイツの女の子
そして未来のドイツのお母さん
おお総統、あなたに
ドイツの地から……

いきなりテーブルの上に大きな白いライラックの花束が落ち、ビールグラスが倒れ、ライラックはシュナップスとビールまみれになる。まるで花束をベッドにしたように、しおれた濡れた花に顔をうずめて、ベルトヒェンが横たわっている。みんな驚いて跳びあがる。ビールはテーブルから流れ、濡れたスーツを拭うものもいる。「やれやれ」、ズィーリアス氏は言う。「もうお休みの時間ね」とズィーリアスさん。ウエイターがふきんを手に急いでやってきて、ベルトヒェンをあお向けにする。顔は真っ青、両手はかたくこぶしを握っていた。

ズィーリアスさんがとつぜん、けたたましい悲鳴をあげる。

店の主人がやってくる。

親衛隊《SS》も、そのほかわたしたちもみな、押し黙ってビールとシュナップスでできた汚ない水たまりのなかに立っている。

わたしたちの周りでは、ざわざわという音がし、無言の黒い人だかりができている。

急いでやってきた男性が人びとのあいだに割って入る。「ウエイターに呼ばれてきました、わたしは医者です」とかれは言う。

かれはベルトヒェンをライラックのベッドから抱き起こし、ふたたび横たえる。かれは肩をすくませ、「エクシトゥス」とささやく。「死んでいる」、かれはもっと大きな声で言う。ズィーリアスさんは悲鳴をあげ、泣き叫ぶ。

「勘定は全部で四七マルクになる」とわたしの隣で、店の主人がウエイターに言う。「いったい誰にこの勘定を回せばいいんだ」。

わたしは通りにたたずんでいる。夜はわたしの住まい。酔っているのだろうか。頭がどうかしているのか。わたしを取り巻く声やざわめきは、コートのようにわたしから脱げ落ちる、寒い。光は消える。わたしはひとりぼっち。

ベルトヒェン・ズィーリアスが死んだ。

わたしたちはあの後、ヘニンガー・ブロイの隅にほんのすこしだけ一緒に座っていた。クルムバッハさん、ゲルティ、クルト・ピールマン、そしてわたし。ゲルティは真っ青になって震えていて、ピールマンは温めようと、彼女をそっと抱きしめた。ゲルティは身動きもせず、なすがままに任せていた。クルムバッハさんはうろたえていた。この世のすべてがとつぜん、ひどく悲しくなる。ほんのわずかな客だけが残っていた。ベルトヒェン・ズィーリアスは運び出され、泣き叫ぶズィーリアスさんも連れていかれた。

照明が消され、さびしげな弱々しいうす暗がりのなかに最後の客が座っていた。かれらは小さな声でぺちゃくちゃ喋り、その話し声は、酒場に降る雨のようだった。

もうしあわせな気分にはなれない、とクルムバッハさんが言い出した。ときどき文句を言うから、じぶんは党ですごく嫌われている。フランクフルトにおける最初の七人の親衛隊《SS》員[40]のひとりなのに。フランクフルトの旧市街のある酒場では、壁に大きな骨が掛けられている。馬ではなく雄牛の足の骨だ。ここの主人は馬肉はけっして扱わないからね。いきのいい最高の肉しか扱わないのだけれど、馬肉は新鮮である必要はないから。

「その骨を見たいかね」、クルムバッハは哀願するような声でたずねた。「この骨におれたちフランクフルトで最初の七人の親衛隊《SS》員はじぶんたちの名前を刻んだ。おれの名も刻みこんだ。はっきりとわかるはずだ。おれの名はヘルムートっていう。もうこれ以上話すことはない。おれは出世できなかった、これからも出世できないだろう。やつらはとうていおれのような昔っからのナチの闘士じゃないが、金をたくさん持っている、その親たちが金持ちで、そういった連中が出世したんだ。そして今ではやつらがおれの悪口を言う。ナチが権力を握るまでの闘争の時代はすべてがまったく違ってた。いったい何のために生きてるのか。おれだってえらそうなことが言えたらな……」。ラジオからドイツ国歌が流れる。もう真夜中なのだ。クルムバッハさんは起立し、腕を伸ばして敬礼する。するととつぜん、ほの暗い光に包まれた酒場のあちこちに、人々の青白い手があらわれた。つづいてホルスト・ヴェッセルの歌が流れてくる。〈道をあけよ、褐色の大軍に……〉。

「当然のことながらわが総統は、こうしたすべてをまったくご存知ではない」とクルムバッハさんは言い、いまにも泣き出しそうだった。じっさいに泣き出したとしてもわたしは驚かなかっただろう。かれはかなり酔っぱらっていたのだ。そのうえかれはみんなにさらにもう一杯ずつチェリーブランデーを注文し、このあと旧市街の酒場、かれの名を刻んだ雄牛の骨が掛かっているあの店に、みんなで行こうと言い張った。

それからピールマンとゲルティも、ほんとうにクルムバッハと連れだって骨のところに行ってしまった。その店は朝までやっているし、いずれにせよクルムバッハがノックできまった合図をすれば、いつだって中には入れるのだそうだ。

こうしたことをわたしはこれまでしょっちゅう経験していた。まったくどうってことのない店でも、中に入るためにきまったノックの合図をしなければならないとき、男たちはしごく幸福にみち、自慢げだ。きっと、こうした秘密のノックをするためだけに政治と関わっている男たちもいるだろう。

最初、ゲルティもわたしのところにとどまらずに一緒に出かけていったので驚いた。けれど彼女はそれほどまでに悲しみ、絶望し、不安に押しつぶされそうになっていたのだ。こういうとき、女には好きな女友だちよりも好きでない男の方がいつだってずっといい。男はしょせん男だから。

わたしは一緒に行かなかった。かれらといるときみたいにひとりぼっちにはなりたくなかった。ピールマンはゲルティを慰める。そう、ゲルティにはいつだって彼女を慰めてくれる誰かがいる。そしてわたしには誰がいるの。クルムバッハはもう、かれの骨のことしか頭にない。

それにわたしはハイニィを見つけ出すことをリスカに約束していた。よし、探そう。

＊

こんなときそばにフランツがいてくれたら。かれはわたしに手紙を書いてくれた。「いとしいザナ……」

こわい。水位が上昇するように、不安がわたしに忍び寄ってくる、高く、どんどん高く、ひっきりなしに。溺死とはこんなものなのだ。家に帰ることもできる、でもそこで何をすればいいのか。眠りたくない。わたしを愛してくれる人はいるかしら。わたしは誰を愛しているのか。ハイニィは見つかるだろう。かれは夜中にはいつも、ゲーテ通りのあのビール色した酒場にいるのだから。

もうすぐこのちいさな場所にニオイアラセイトウの花が咲く。見たとおりのにおいを放つ、ビロードのような花びら。神さま、助けて。

＊

テーブルの下には死んだベルトヒェン・ズィーリアスのちいさな靴が置かれていた。酒場の主人は質草として取っておこうとするかのように、それを持ち上げ、指でくるくると回す。すべてが悲しい。わたしはフランツのことを、そしてどのようにかれの幼い弟が死んだのかを思いだす。わたしを刑務所に入れようとした、アーデルハイトおばさんのことも。

わたしがラッペスハイムからケルンに出てきたのは、おおよそ三年前のことだ。大きな駅に着くと、ホコリと夏のきらめきのにおいがした。夏の午後だった。周囲では汗まみれの人びとと移動していくトランクがざわめいていた。わたしは遠くから来たわけではなかったけれど、新しい人生に飛びこんだばかりで、よろこびと不安でいっぱいだった。とつぜん、黒くて長い腕がわたしを抱きしめ、かたい麦わらがわたしの顔を引っ掻いた。これがアーデルハイトおばさんだった。口に代わって、おばさんの被ったかたい麦わら帽子がわたしの顔にキスをしたのだ。おばさんとは仲良くなれないだろうと感じたが、まだおばさんの顔を見ていなかった。それからわたしは彼女の顔をながめる。とがっていて、血の気がなく、細くてぎらっと光る黒い目がついている。アーデルハイトおばさんの声は甲高くて鋭かった。彼女のすべてがわたしに突き刺さり、切り刻む。泣きだしたかった。

そのとき誰かがわたしに手を差し出した。その人は喋らず、わたしのことをしずかにやさしく見つめた。かれは背が高くてやせていて、辛抱強そうな肩をしていた。青白い真剣な顔をして、その額はおだやかで人知れず物思いにふけっているように見えた。目、額、口、肩、これらはみな、わたしのなかで、曖昧模糊として混ざりあい溶けていく。はっきりと目でとらえたのは、かれが身につけていた明るい強烈な赤色の絹のスカーフだけだ。こっけいだった、いったいどんな男性がこんなものをまとうというのだろうか。それからわたしはその男性の腕を見た。捕獲されたサルが、どこかによじ登る理由もなくなって、長い腕をもてあましているように、その腕は悲しげにだらんとしていた。

この男性がフランツ、アーデルハイトおばさんの息子でわたしのいとこだった。

わたしは、かれは頭がおかしいんじゃないかと、笑いそうになった。

でもわたしは笑いもせず、泣きもしなかった。

フランツはわたしのトランクを運んでくれた。かれの長い腕はさらに長くなり、かれの辛抱強い肩はさらに辛抱強くなった。

＊

フランツはある弁護士のところで事務の仕事をしているが、けっして責任者にはなれないだろう。かれには秘めた力があるけれど、それはふつうの生活に役立つ力ではない。友だちは多くない。人となりはひとりぼっちで悲しげだ。野心はなく、ほかの人を追い越そうという気もない。めったに喋らず、いったいどう接すればいいの。一度にひとつのことしかできず、そのことに多くの人がいらついている。もしもかれがグラスを摑《つか》んだとしたら、そのときかれはグラスを摑むためだけに生きていて、そのほかのことは何も考えられず、感じることもできない。もしもかれが石を見たら、かれは石を見つめるために生き、そのときには話すことも人の話を聞くこともできない。食べるときには、食べるのみ。愛するときには、かれは愛する。

かれには、ぶ厚いヴェールにくるまれているようなときがある。話しかけると、眠っていないのに、かれは目を覚ます。ヴェールに包まれたかれが何を考え、何を夢見ているのかは誰にもわからない。もしかするとかれ自身はそれを知っているのかもしれないけれど、けっして話さない。とにかく生きているのだから、それ以上何か言うことがあるというのか。生のなかに溶けてしまっているのなら、言うことは何もないのだ。

ひょっとしたら、ときどき、ちいさな子どもを殺してしまったことを思い出しているのかもしれない。かれの弟であったちいさな子を。

この幼子の写真は、アーデルハイトおばさんが食事のときに座るソファーの上に掛かっている。かつて緑だったソファーの生地はすり切れ、経年と、いつも部屋に差しこむわずかな日の光で黄ばんでいた。

そこはいつもかびくさい石炭と腐った油のにおいがしていた。部屋にはドアがなく、ちいさなガスコンロと流し台しかない台所に通じていた。部屋の反対側、つまり台所の向かいに、文房具店がある。クラッカーがカウンターの隣のちいさなテーブルの上に載っている。いつも食卓のわたしの席から、紫色でしわしわで、しおれたトルコキキョウみたいなそのクラッカーが見えていた。くたびれ、しわくちゃに押しつぶされたちりめん紙でできていて、ずっと昔からそこにあったけれど、片付けてはならなかった。アーデルハイトおばさんは、ひょっとしたらまだ売れるかもしれない、と考えていた。ひょっとしたらそんなことは期待していなかったかもしれない。何年も前に、ケルン訛りの強いブロンドの行商人が彼女のところにクラッカーを置いていったのだった。一度かれのことを、おばさんが話してくれたことがあった。もちろん、ある男が女と寝たあとに、クラッカーだけ置いて姿を消したら、女にとっては悲しい。しかも恋文の代わりに、男の勤め先の会社からクラッカーの請求書しか届かないとしたら。

フランツの席の向かいのソファーの上には、死んだ子どもの写真が掛かっている。フレームには銀が巻きつけられていて、花綱を思い起こさせる。写真のなかで、アーデルハイトおばさんは、レースたっぷりの丈の長いベビー服を着た、髪の毛の生えていない、ちいさな子どもを抱いて座っている。セレモニードレス姿の、このちいさな子は焼け死んだ。

フランツは三歳だった。かれは当時ラッペスハイムに住んでいたが、こんなちいさな男の子は、住んでいたというより、ただそこにいた、といったほうがいいだろう。

アーデルハイトおばさんのちっぽけなボロ屋は岸辺通りに、二軒の大きな家のあいだに挟まり、押しつぶされそうになりながら、建っていた。屋根はカラスのような銀灰色のスレートぶきだった。屋根は傷み、窓は割れていた。というのもアーデルハイトおばさんの夫は屋根ふき職人でもガラス屋でもなく、仕立屋だったから。モーゼル川沿いに住む人びとは、じぶんでできないことをほかの人にもやってもらわない。

その仕立屋は腕がよく、いつもご機嫌だった。まずアーデルハイトおばさんがかれから朗らかさを奪い、それからかれは結核で死んだ。かれとのあいだにふたりの子どもが残された。三歳のフランツと生まれて半年のちいさいセバスティアン。

アーデルハイトおばさんは渡船場の渡し守の妻のところで、先ごろ亡くなった夫の死を嘆いていた。存命中は、いつも声がかれるほど夫の文句を言い、酒場通いもさせず、かれから笑いも奪ってしまった。そして死んだら今度は彼女は涙を流し、嘆き悲しんだ。

ふいに渡し守の妻が、岸辺通りの人たちが興奮して走り回り、叫び声をあげ、合図しはじめたのを見た。アーデルハイトおばさんの家の窓から煙がもうもうと漏れ出していた。通りでは明るい光がちらつき、どんどん人びとが集まってきた。「火事だー！」若者連中が叫ぶが、その声は叫びすぎてかすれ、弱々しく、消防団への警報信号用に長く引き延ばされた。アーデルハイトおばさんはよろよろしながら家のほうに向かった。膝には力が入らず、地面にへたり込み、ふたたび立ち上がる。酒場の主人ゼーゲブレヒトが、体を硬直させ、ゆっくりと足を引きずりながら、煤で真っ黒な悪魔のような姿で彼女に近づいてきた。人びとは人垣をつくり、押し黙り立ちすくんでいた。この路地でアーデルハイトおばさんとゼーゲブレヒトがたがいに歩み寄った。ゼーゲブレヒトは手に、黒くてしわくちゃになったものを抱えていた。焼け焦げてぼろぼろになった青い毛糸が、その黒いものからぶら下がっている。アーデルハイトおばさんはよろめき、女たちはみな、急に、いっせいに悲鳴をあげた。

幼いフランツが火をつけたのだった。じぶんで火をつけられて鼻高々だった。人びとは燃えさかる部屋のなかからかれを救い出した。ゼーゲブレヒトが焼け死んだセバスティアンをアーデルハイトおばさんのもとへと運んでいたころ、フランツは燃える家の前に立ち、炎の前で両手を組み合わせ、その目は幸福に輝いていた。

フランツはもう誰にも愛されなくなった。村の人からも、かれの母親からも。絶望した母親は、もしも誰かに罪があるとしたら、それはじぶんにあると信じようとはしなかった。なぜ彼女は幼いふたりの子どもだけを家に残したのか。彼女は誰かのせいにしたかったのだ。ちいさいフランツが罪を負わなければならない。アーデルハイトおばさんは、死んだ幼いセバスティアンをますますすばらしい子だったと思うようになり、その子の墓でいつもいつも涙を流し、祈りを捧げた。

ほんのすこしでも愛してもらうには、フランツは死なねばならなかったのだろう。かれは無口になり、無口でありつづけた。早口で話すことも、陽気に話すことも、身につけなかった。というのも、誰もかれと話したがらなかったから。人びとはかれを避け、かれは押し黙ったまま ひとりで生きていくことに慣れなければならなかった。

わたしも最初、フランツのことが好きでなかった。でもそのうち、アーデルハイトおばさんがかれを好きでないという理由で、わたしはかれのことを好きになった。かれにやさしくしたかったのだ。アーデルハイトおばさんがかれを苦しめる様子を見るのは、とても悲しく、おそろしかった。毎週日曜日、食事の前に、フランツは幼いセバスティアンの写真に花と葉を活けなければならない。アーデルハイトおばさんはバラの花と葉っぱをまとめずそのままフランツに手渡し、じぶんは椅子に腰掛け、何も言わずに、フランツの手を見ていた。その手はときに震え、花をいくつか落としてしまうのだった。するとアーデルハイトおばさんが黙ったまま、きびしくフランツを見つめるので、フランツは赤くなり、腰をかがめ、落とした花を持ちあげる。「食欲があるとは驚きだが、そいつは何よりじゃないか」と、彼女はときどき、ゆっくりと歌うような声で言う。それを聞いたフランツはナイフとフォークを置き、その目には救いようのない絶望が浮かび、かれの腕は細く長くぶら下がった。

もう耐えきれなくなってわたしがアーデルハイトおばさんをどなりつけると、おばさんは驚いて返す言葉を失った。何を叫んだのかはもう忘れたけれど、こう言ったのだけは覚えている。

あの事故に責任があるのはおばさんだけで、当時まだ何もわかっていなかった幼いフランツのせいではけっしてない、幼いセバスティアンの死と、フランツが不幸なのは、おばさんのせいだ、もしもちいさなセバスティアンが天使なら、母親のことを悲しく思って、フランツにいっぱいの愛情を注ぐだろう、と。アーデルハイトおばさんはどなりつけたことをけっして許さなかったが、フランツの目はうれしそうだった。

わたしはかれにやさしくするつもりだった。でもそれからわたしには、夜ときどきダンスに一緒に行く知り合いができた。フランツが押し黙り、忍耐強いサルの腕をして、あのヘンテコな赤いスカーフ姿でわたしを迎えに来るのが、わたしには恥ずかしかった。わたしたちが喧騒のなかに座っていると、かれは静寂を連れてきた。真剣な顔をして、友好的な態度でかれはテーブルにつく。邪魔するようなことは何もしない、が、邪魔だった。ほかの人たちは怒りのあまり笑い声がどんどん大きくなり、その笑いでフランツを窒息させようとでもしているかのようだった。みんなはフランツをからかったけれど、かれは怒らなかった。フランツにはみんなの言っていることがまったくわからなかったのだ。人びとの笑い声はますますはげしくなった。一度はフランツを泥酔させようとしたが、かれは酔わなかった。

仲間内にはとてもシックで堂々とした女の子たちがいて、わたしも一所懸命、彼女たちみたいになろうとしていた。そして男の子たちもひどく格好つけていた。わたしは、そういう女の子や男の子たちに野暮ったいと思われることをおそれていた。わたしはよくみんなと一緒に笑った。仲間連中がなぜ笑っているのかを、ほんとはまったくわかっていないことを気づかれるのがこわかったから。わたしはかれらに、じぶんたちと同じくらいすごいと思われたかった。わたしは不安で、だから仲間になりたかった。かれらはみないつも誰かひとりを攻撃した。だからわたしは一緒になってフランツと敵対し、かれらよりも意地悪な言葉でからかった。するとみんなが笑い、わたしは誇らしかったけれど、同時にじぶんを恥じてもいた。

笑い声と喧騒からちょっと抜け出してトイレに行くたびに、わたしは悲しくなり、気分がわるくなった。わたしは可能なかぎり急ぎ、すばやく髪の毛をとかすのすらも不安だった。席を外しているあいだに、ほかの人たちがわたしのことを笑っているのではないかと思ったのだ。じっさいかれらは笑っていた。

フランツは善良でありつづけた。

わたしは邪悪なままだった。

＊

ある日、ケルンのノイマルクトで性病と民族の人種混淆の結果についての展覧会が開かれていた。その催しは歓喜力行団《りっこうだん》[41]によるものだった。アーデルハイトおばさんがわたしをそこへ連れていった。けっしていかがわしいものではなく、知らなければならない科学的啓蒙だというのだ。

否応なく家で参加させられていたガス防護訓練によって、わたしは不快なものにはすでにかなり慣れていた。そしてそこでわたしが見たのは、アルコール漬けの腐食した胎児だった。眼窩に黄緑色の膿の詰まったちいさな子どもたち、胸と尻が地面につくほど膨れあがった女性たち。老人の複製は頭のおかしい子どものように見え、子どもたちはしわだらけのものすごい年寄りのようだった。そしていたるところに、血、膿、赤くてねばねばした潰瘍。これらすべてが性病と人種混淆ゆえである。そしていまや、連中は毒ガスまで発明している。そもそも生きのびて、そのうえ全身どこもやられていないとしたら、人間として驚くしかない。

朽ちた鼻の展示コーナーでは、ある年配の男性がアーデルハイトおばさんに話しかけてきた。かれは礼儀正しく帽子を取り、こう言った。「奥さん、お目に掛かったことがありましたかね」。かれのはげ頭は丸く、茶色っぽい灰色をしていた。ぶ厚い赤い下唇は垂れ下がり、風を当てるために窓に干したマットレスのようだった。「もちろんですとも、参事官さん」と、アーデルハイトおばさんは返答し、誇らしさとよろこびに顔を輝かせた。そして立ち話をはじめた。かつて参事官はいつもアーデルハイトおばさんの店でメモ帳を買っていたのだった。「これは衝撃的だ」と言いながら、かれは腐った鼻を指さした。「ええ」とアーデルハイトおばさんは真顔で答える。「なんておそろしい。これを見なければなりません。これは警告です」。どうしてアーデルハイトおばさんにいまさら警告が必要なのか。おばさんは五十歳を過ぎているし、性病にかかる可能性などもうまったくないのに。病気になるとしたら、せいぜい道ばたで買った果物を洗わずにそのまま食べたから、くらいのものだ。

参事官はきまじめに礼儀正しくわたしたちを家まで送ってくれた。

それからというもの、かれは前にもましてよく店に来て、メモ帳を購入した。かれの名がルートヴィヒ・ヴィットカンプだということを、アーデルハイトおばさんは知っていた。参事官さんが私的な人間の名前をもっているとは驚きだ。かれの住居はホーエンツォレルンリングにある。かれが暮らしているということも、これまたあまり想像できない。

うちの店で、かれはいちばん安いメモ帳を買った。秩序を重んじ、支出を書きつけていたのだ。とりわけ旅行の際には。というのも旅先では出費が際限なく膨れ上がり、使い道もわからぬまますっかり三マルク支出することもありうるから。

ある日、参事官はビアエーゼルで貝料理をごちそうしてくれた。わたしは誇らしくて、実家やライエンデッカーにいる親友のフィンヒェンに、参事官やそのほかのえらい役人たちととても親しくしている、と手紙を書いた。

貝は安い。それまでわたしは貝料理が好きだった。参事官はあたるのをおそれて貝を一切食べなかった。キノコも生肉も食べないと言っていた。

店は食べもののにおいと、がつがつ食べては話すせわしない人びとでいっぱいだった。参事官は子牛の膝肉とサラダを食べていた。サラダはビタミン豊富でヘルシーだから。

わたしの貝は破裂した胎児のように見えた。参事官と知りあったときに見ていた、性病についての展覧会を思い出してしまった。気分がわるくなり、シュナップスでも飲みたかったが、恥ずかしくてそれを言いだせなかった。

わたしがほとんど貝に手をつけずに残したので、支払いをしなければならない参事官は不機嫌になった。
四、五時間でワインをまるまる一本飲み干せる、とかれは語った。この季節、わたしたちラッペスハイムの人間は四本は飲むけど。
家で一緒にもう一本飲もうと、わたしを誘う。アイスバインが脂っこかったから、そして景気づけのため、参事官は最初にネズ酒を飲んだ。かれは上級官吏かつ教養人としてわたしと話した、つまり真剣に、政治的に、そしてエロティックに。カトリック教徒ゆえに、底知れぬ欲望と闘わねばならないのだそうだ。娼婦へ、そして自堕落な人生へ誘われることもあるが、そんなことをしたら金と健康と魂の救済を失ってしまう。だからかれは欲望と闘っているのだ。参事官は総統を賛美し、敵対するよそものから辱めを受けてきたドイツ民族の救世主として崇拝している。けれどカトリック教徒として、ゲルマン人のために二〇世紀の神秘主義、あるいは神話についての本を記したローゼンベルク[42]には反対であるらしい。そこに書かれていることすべてがほとんど理解できないみたい。

参事官はさらに話をつづけた。かれは結婚を切望している。というのは結婚によってのみ、その欲望を自由に、キリスト教的に発展させることができるから。そこでは許されているのだ、と。わたしは、アーデルハイトおばさんのために、ラッペスハイムの全住人のために、何がなんでも参事官夫人になりたいと思った。けれどそうしたらおそろしく発展した欲望とやらを経験しなければならない。それはどうしても想像できなかった。

それに欲望すべきか否かなんて、わたしはじぶんと闘う必要などまったくなかった。参事官はわたしを欲してはいなかったのだ。かれのお眼鏡にかなうのは、若くてきれいで勤勉な、持参金付きや財産持ちの女性だけだった。どこからわたしが持参金や財産を手に入れられるというのか。

参事官はこう考えていたのだった。わたしはラッペスハイムの繁盛している料理屋を相続するだけでなく、事前に、こっそりと大もうけしている父親の稼いだ金をもらうことになるだろうと。それゆえかれはまた、わたしの大衆的な出自に異論はなかった。

かれの教養は並外れている。ヘルダーリン[43]とかいう人の墓で、そのヘルダーリンとかいう人の作品を読んだのだそうだ。しかも一度といわず、何度も。その瞬間はいつもおごそかであり、すべてがこの上なく神聖なので、それについて誰かに話したり、言い及んだりすることはけっしてないと。わたしに話してるけど。

わたしは貧しくはないが、財産持ちでもない、と言った。するとかれはすこしのあいだ黙りこみ、指でテーブルをコツコツと叩きつづけ、さらにもう一杯ネズ酒を飲み、それから、それでも、家で一緒にワインを飲もう、と言った。あなたはやせっぽちのちいさな女学生のようだ、とも。

思いがけずフランツがわたしたちのテーブルのところに立っていた。かれの顔は青ざめ、目はじっとして動かず、いつものスカーフは輝いていた。今日、参事官とここに来ることを話さなければよかった。このまぬけなサル野郎、わたしがえらいお役人と一緒にいるところに迎えに来るなんて。

「こんばんは」、フランツは言う。わたしはかれに手を差し出したくなかった。「一緒に帰ろう、ザナ。雨が降っているから、きみのためにコートをもってきたよ」。とても低くやわらかくそっと歌う、ばかみたいな声。こんなふうな水色の声には太刀打ちできっこない。その声とは喧嘩もできなければ、激怒することも、大笑いすることもできない。いったい何のためにフランツみたいな人に声があるの。かれ自身もじぶんに声があることに驚いているようだ。

「お掛けください」と、参事官は上品そうに言ったが、その声は明らかにいらいらしていた。フランツはゆっくりと、姿勢を正して座る。かれの細長い手はまるで祈りを捧げようとしているように用心深くテーブルに置かれた。

参事官の口もとは嘲笑的に変化し、こう言った。こんなすてきないとこがいるとは、なんてすばらしい、それでも一緒にワインを飲む気はあるかな。お若い紳士よ、ご心配には及ばない。わたしが彼女を車で送ろう。「はい」とフランツは答え、立ち去らずに、その場に居つづけた。「そのヘンテコなスカーフくらい取ったらどうなの」とわたし。その声がけたたましくわたしの耳に突き刺さる。かれがスカーフを外すと、わたしがじぶんでかれの首からそれを剝《は》ぎ取ったみたいな気持ちになった。参事官は笑った。フランツは痛ましいやり方で脱がされ、裸にされたように見えた。明るい色の木のベンチのかれの隣にはスカーフが、赤くてあたたかいスカーフがあった。

パウルがフランツにそのスカーフを贈ったのだった。パウルはフランツのただひとりの友だちで、コロコロに太った赤ら顔の笑い上戸だ。夜遅くひとけのない時間に、フランツはかれを町の森で見つけた。オートバイに轢《ひ》き逃げされたパウルが、車道の真ん中に倒れていた。死んではいなかったが、なんといってもオートバイに轢かれたのだし、そのうえ泥酔していた。つぎの車が猛スピードで駆け抜けるようなことがあれば、かれにとどめを刺すことになっただろう。フランツは車道からパウルを引きずるようにして運び、助けてやった。こんなことからでも、もちろん、友情が成立することがある。たくさん話さなくても、ふたりのあいだには愛情のこもった、すてきな雰囲気が漂っていた。

パウルはときどき店に来ては、台所にあるものを手当たりしだいに食べたり、店からはがきを失敬したりして、アーデルハイトおばさんを激怒させる。かれがその赤いスカーフをフランツにプレゼントしたのだ。もしかするとじぶんがもらったものの、こんなヘンテコなものを身につけるのは恥ずかしかったのかもしれない。しかしそういうわけでもない。パウルは、じっさいにはこの大きな絹のスカーフを、ハンカチとしてプレゼントしたつもりだった。しかし、ハンカチとして使うのはあまりにもったいなさすぎて、友情と幸運を感じたフランツはそれでみずからを着飾ったのだ。

ウエイターはフランツにビールを運んできた。誰も注文していなかったが、フランツは断わらなかった。参事官は、きみはもう帰っていい、彼女には好ましい連れが一緒なのだから、と言った。いまでもそれがなぜだかはよくわからないのだけれども、参事官が気分を害するのをひどくおそれていて、わたしはついて行こうと思った。

そのとき、とつぜん風が吹いて、ベンチの上の赤いスカーフがあたかも呼吸しているかのように動いた。酒場の入り口の前に掛かっているフェルト地の黒っぽいカーテンがほんのすこし、左右に広がり、ひとりの女の子がすべり込んできた。ブロンドできゃしゃで、白と金色のクリスマスの人形みたいだった。雨でずぶ濡れで、入り口のすぐ横の、わたしたちのテーブルのところに立っていた。外から雨が歩道を打ちつける音が聞こえた。ウエイターは女の子に空いているテーブルのひとつを示す。けれど彼女は座ろうとせず、当惑した様子でおずおずと首を横に振る。わたしも数か月前にはまだこんなふうに内気だったのに、いまでは彼女と比べてじぶんが立派で堂々としているように思えた。たぶん彼女はお金もなかったのだろう。着ているブラウスはひどくみすぼらしい安物だった。追加料金でもくれなければ、わたしはこんなボロは着ないだろう。彼女は、これまでのどんなときのわたしよりも魅力的に見えた。わたしはウエイターがあからさまに彼女を無視し、彼女を侮蔑するのがうれしかった。

ほんの一瞬わたしたちのそばに立っていたかと思うと、彼女はすぐさま向きを変え、いまさっき雨から酒場に逃げ込んだというのに、もうその雨のなかに飛び出していった。

フランツが彼女をじっと見ていた。彼女もフランツを見つめた。フランツはとてもしずかに立ち上がった。何をするのだろう。わたしの心臓はドキドキ、耳のなかでは燃えさかる車輪がうなり声をあげている。参事官は話しているが、その声は遠く、かれの言葉はわたしの耳には入ってこない。フランツは白と金色のずぶ濡れの女の子にわたしのコートを差し出す。いったい何を考えているの。わたしのコートを差し出すなんて。それはかれの膝の上にいままで置いてあった、わたしのコート、わたしのためにもってきたというのに。「受け取ってください」、かれは雨でびしょ濡れの女の子に言う。「受け取ってください。家までお送りします」。どうしてかれは見も知らない人にこんなにやさしく、低いやわらかい声で話すのか、どうして彼女は目におだやかな暗青色の輝きを浮かべながら、かれを見つめるのか。いまいましい。「ザナ」とフランツがわたしに言う。「車に乗っていくんだよね、それならコートは必要ないね。あとで返すから」。

「車になんて乗らない、フランツ、だからコートが必要なの。返して。すぐに。ボーイさん、お勘定は済んだかしら。おやすみなさい、参事官さん。フランツ、お願いだから来て、雨のなかをひとりで歩きたくない。スカーフはもうしまったから」。

＊

下の階にあるアーデルハイトおばさんの住居にフランツの寝室もあったが、わたしはそこで寝泊まりしていなかった。そこにはもうわたしのための場所は空いていなかった。わたしは同じ家の上にある、こちらもアーデルハイトおばさん所有の屋根裏部屋で寝ていた。隣には年金生活者のピュッツおじいさんが住んでいた。屋根裏部屋は小さくてがらんとし、冬はじめじめして寒く、夏は全身の力が抜けるほど暑かった。これまで一度もフランツがわたしの屋根裏部屋に来たことはなかった。

「お願いだから、一緒に上に来て、今日はひとりになりたくない。不安で眠れそうにない」。

暗くてベタベタする冷たい霧が窓のすき間から忍び寄る。わたしの手は寒さでかじかみ、顔は熱くなっていた。外ではもう雨は止み、空は黙りこんでいた。感覚を麻痺させるような沈黙で部屋がいっぱいになる。長いあいだ、顔を壁のほうに向け、黙ったまま直立姿勢でフランツはドアの脇に立っていた。はるか遠くで車のクラクションが鳴っていた。

天井のちいさな電球から薄暗い、くすんだオレンジ色の光を浴びて、わたしのベッドはオレンジの皮みたいだった。わたしは靴と靴下を脱いだ。「あの参事官にはむかついた。フランツ、かれにはもう二度と会わないから」。

わたしはワンピースを脱いだ。「フランツ、どうか椅子に座ってくれない。あんたの母親が、あんたがここにいたことに気づきませんように。そうじゃなくてもおばさんは何かしら考えつくのだから。じっさいにはどうってことなくても、人はいつも何かしら考えずにいられないものなの。人間って最低。ちっとも理解できない」。

わたしはシャツを脱ぐ。「こっちを見ないで、フランツ」。なぜかれは身じろぎもしないのか。なぜかれはひと言も喋らないのか。「フランツ、あんたがいなかったらケルンになんていられない」。

わたしは安っぽい醜い白地の寝間着を着て、ベッドに横になっている。いつか絹の寝間着を着るなんてことあるのかしら。「もうこっちを向いていいよ、フランツ。わたしが病気だったら、あんただってわたしを見舞うだろうし、こんなふうに見るんだから」。

でもわたしは病気ではない。

フランツはあいかわらず黙ってじっと立っている。炎のような赤いスカーフをわたしが取らせたから、その首は青白く光り、ほそく、むきだしで、頼りなく見えた。その日、わたしは赤いスカーフなしのかれをはじめて見た。恥ずかしくて、このままずっと恥じていたい気分だ。

「おやすみ、フランツ、もうねむいの、手を貸してちょうだい」。

かれはわたしに手を差し出した。

やさしくやわらかい朝、しだいに部屋が明るくなると、わたしはしずかに起き、窓を開けた。空気は、歌いながら漂っているようで、わたしの心は、雷雨の後の地面のように軽やかで落ち着き、しあわせだった。わたしの黒いハンドバッグから赤く輝く絹のスカーフを取り出した。すこしくしゃくしゃになっていて、わたしはそのしわを伸ばそうとした。

わたしのベッドにはフランツがいて、ぐっすりと深く寝入っていた。わたしは笑わずにいられなかった。いびきまでもが低くやわらかいビロードのような響きだったから。わたしは眠っているいとしいかれの両手にその赤い絹のスカーフを置いた。

アーデルハイトおばさんはフランツのことなどまったく関心がなかった一方で、ほかの誰のものでもなく、完全に彼女の支配下におきたがった。フランツがどんどん朗らかになり、じぶんにはもはやかれを苦しめることができないとなると、おばさんはこの上なく憤激した。アーデルハイトおばさんはとにもかくにも、毎週日曜日に死んだ子どもの写真に生花を飾ることを望んでいたので、彼女に無断でわたしがその作業をした。フランツは呪いからとかれたようになり、アーデルハイトおばさんは写真を花輪で飾ることに興味を失った。ついにある日曜日、写真は花で飾られないままだった。おばさんが花を買うことを忘れてしまったのだ。

もちろん彼女はすぐに、フランツとわたしの仲があやしいと嗅ぎつけた。それにそもそもわたしたちは何かを隠そうともしなかった。フランツはおばさんに、母さんが反対したとしても、ぼくたちはあと一、二年で結婚するつもりだ、と告げた。これまでフランツは給料を全部母親に渡し、ときたま、そこから小遣いを数ペニヒもらうだけだったが、いまでは給料の半分だけを彼女に渡して、かれはわたしたちの将来のために貯金をはじめていた。わたしたちはいつか店をもちたいと考えていた。いちばんいいのはタバコ屋だ。タバコ会社が貸し付けしてくれるだろうから、開店資金はそんなにたくさん必要ないかもしれない。店の賃料がとても安い地域でなら、商売をはじめることができる。ひょっとしたらそのうち新聞や雑誌、文房具も扱えるようになるかもしれない。ちいさな貸本屋も併設できるかも。フランツとわたしは、しょっちゅうこうした計画を立てては楽しみ、そんなときのわたしたちは上機嫌だった。

アーデルハイトおばさんどうにかして、わたしたちを怒らせ、意地悪しようとした。けれどそんなこと、わたしたちにはたいして気にならなかった。わたしたちはふたりだったし、結婚するつもりだったのだから。ひとりだったら泣いてしまうようなたくさんのことも、ふたりでなら一緒になって笑える。

けれどもアーデルハイトおばさんは、政治の力を借りて、こんなふうに、わたしたちのすべてをめちゃくちゃにしおおせた。

ある土曜日、フランツ、わたし、フランツの友だちのパウルは散歩に出かけた。パウルは小柄で、丸々と太っていて、恋愛対象ではなかったけれど、わたしはパウルのことが大好きだった。かれが転がるように走ってくると、笑わずにはいられなかった。かれはケルン・エーレンフェルトの金属工場の労働者だった。

その土曜日の昼、パウルはペフゲンでケルシュ・ビールを飲もうとフランツとわたしを誘ってくれた。とても楽しくて、ネズ酒まで飲んだ。その日の午後は、アーデルハイトおばさんがお茶会を開くことになっていたので、わたしは客をもてなすために帰らなければならなかったのだけれど、フランツとパウルはわたしにつきあって一緒に来てくれた。そのかわりわたしはふたりのためにそっと台所から何か食べるものをくすねてくると約束した。

店ではアーデルハイトおばさんが、オールドミスのフリッケと座っていた。彼女はじぶんの弟の家事をやってあげていた。わたしたちはきちんと時間どおりに集合したのだが、ほかのお茶会客の女性たちはみな、半時間も経った頃にようやく来るだろうということだった。

　ふたりは政治について話していた。「三月一日[44]までは毎晩泣いてばかりで、そうでなければ、祈っていた。あの頃のわたしはどうだったかい」。「ええそうだね、調子わるそうだったよ」。「でもわたしももう泣かないし、もう祈る必要もない。いまじゃあわたしはまたずっと元気そうだろう」。「ああそうだね、いまじゃあ、ずっと元気そうだ」。「信じるのみ、ほかのことはすべて総統がしてくださる」。それから彼女たちはさらに総統について話をつづけ、フリッケさんは、部屋に総統のために祭壇を設け、つねにろうそくの火を絶やさないのだと語った。

　わたしは、パウルがアーデルハイトおばさんといつもちょっぴり風変わりなフリッケを怒らせたくてうずうずしているのに気づいた。そう思うのももっともだ。パウルはある新聞をもってきた。そこにはナチと犯罪者のきわだった違いが示されており、左側には大管区長官《ガウライター》、分隊長、そしてそのほかのナチの高官の顔が、右側にはスリ、強盗殺人犯、快楽殺人犯といった連中の顔が載っていた。パウルはキャプションを隠し、おばさんたちに誰がナチで、誰が犯罪者かを当てさせた[45]。じっさい彼女たちは三回つづけて答えを外し、パウルは大よろこびで、ふたりはかんかんになった。パウルは、ナチを犯罪者とみなし、またその反対に犯罪者をナチとみなすとは、彼女たちの健全なドイツ精神も当てにならない、と言った。

　ちいさな店にはただならぬ空気が漂い、アーデルハイトおばさんの目は怒りに燃え、フリッケさんの呼吸は弱くなり、ヒューヒューという音を立てていた。わたしが隣の部屋でラジオをつけると、レコードコンサートがやっていた。それから今晩、ゲーリングがラジオで演説するというアナウンスがあった。それを聴くために、お茶会の女性たちはみなアーデルハイトおばさんのところにとどまるはずだった。そのときわたしはまったく考えなしに、わたしはできれば聴きたくない、いつも罵られている気分になるから、と言った。それしか話してはいないけれど、もう言いすぎだった。じっさいこうした演説は、はじめのうちはまったくどうってことない。すべてを克服する、うるわしいドイツ民族について語られ、聴いている人たちは自身もその民族の一員なので、じぶんたちが称賛されるのを聴いていい気分になる。しかしそのうちとつぜんラジオからは荒々しい罵倒が流れ出す。建設の意志を阻むものはみな打ちのめせ、有害な不平家はみな破壊せよ。

こうした演説を聴くと、わたしの心は動かなくなる。じぶんが打ちのめされる人びとのひとりではないと、どうやってわかるというのか。最悪なのは、じつのところ何が起きているのか、わたしにはまったく理解できないことだ。ただ、いまではしだいに、どこで気をつけなくてはいけないかはわかってきた。

アーデルハイトおばさんのところにいた頃のわたしは、いまよりまだずっとおろかだった。それでもその時分にはもう、わたしが何も理解していないことに誰かが気づくのではないかと、死ぬほどこわかった。ゲーリングやほかの大臣たちはラジオでしょっちゅう大声をあげ、あからさまに罵る。「いまなお、何が問題になっているのかを理解しない輩がいるが、われらは連中を見つけ出してやる」。こうしたことを聴くのはこわいし、うす気味わるい。今日にいたるまで、何が問題で、何を言っているのかわからないから。誰かに聞くのは、あまりに危険すぎる。わたしなりに聞いたり読んだりしたことによれば、わたしは犯罪者か、遺伝的精神疾患があるということになる。どちらもバレてはならない、そんなことになったらわたしはおしまいだ。わたしが犯罪者なら、刑務所に行くことになるし、遺伝的精神疾患があるなら、手術が施され、もはや結婚も子どもを産むこともできなくなる。

ようするに、わたしはいまでも何が問題なのかわからないけれど、アーデルハイトおばさんとフリッケの面前でラジオの演説を聴きたくないと言ったときよりは賢くなっている。

それからわたしたちは、演説しているわが党員たちすべてについてまったくたわいのないお喋りをしていたが、フリッケとアーデルハイトおばさんはまたもや、彼女たちにとって何よりもだいじな総統の話をはじめた。そしてアーデルハイトおばさんは、メッセ会場で総統の演説を聴いたとき彼女の心を満たした途方もない感激について語った。それでパウルは、おばさんは何がそんなに気に入ったのかとたずね、わたしは、「総統がすごく汗をかいていたこと」と答えた。フリッケは途端に、わたしがこの世で最低のことを言ったかのように、ひどくびっくりして両手を頭の上で打ちあわせた。わたしはそれ以上何も言えなかった。客が犬の絵はがきを買いに来たのだ。アーデルハイトおばさんはフリッケと奥のきれいな部屋に姿を消し、ばかなわたしはあいもかわらず楽しい気分で、ふたりが、わたしの発言を理由に、わたしを陥れようとしているとは夢にも思わなかった。

総統の汗にアーデルハイトおばさんがひどく感銘を受けたのは事実だ。彼女自身がそう言ったのだ。総統が演説したとき、わたしはおばさんと一緒にメッセ会場にいた。総統は狂ったように叫び、とてつもなく興奮していて、わたしには何を言っているのかわからなかった。だからわたしはあとでアーデルハイトおばさんになんて言ったのかをたずね、さらにその演説をどうか説明してほしいと頼んだ。アーデルハイトおばさんは、総統が話した言葉を何ひとつわかっていなかったのだが、感激に身を震わせながら言った。「すばらしいじゃないか、こんなことこれまで経験したことはあるかい？　総統はほとんどお話しになれず、死人のように真っ青で、いまにもくずおれそうだったじゃないか。あのお方は力を出し尽くされたんだ。しまいには総統は汗びっしょりで、それから親衛隊《SS》の連中が総統をとり囲んだのをおまえも見ただろう？」こうアーデルハイトおばさんは話し、わたしもそれを見た。市立劇場でもアーデルハイトおばさんはそれとまったく同様の感銘を受けていた。劇場へは二、三度、おばさんと一緒に行ったことがあった。おばさんは喜劇役者が嫌いだ。一方、『トーマス・ペイン』[46]という芝居で、ある役者が牢獄で鎖をガチャガチャさせて荒れ狂うのを聞いた際に、それは耳をつんざくほどだったのだけれど、「肺腑がえぐられるようだ」とアーデルハイトおばさんは言った。そしてかれがお辞儀をしたときには、彼女は「かれをごらんよ、すっかりくたくたで、汗びっしょりだ。なんてすばらしい役者だろう。この芝居はもっと人気がでていい」と言った。それからおばさんはその俳優のブロマイドを買い、自身の寝室に掛けた。総統のも掛かっている。

　だから、アーデルハイトおばさんにとって誰かが汗をかくことがとくに重要であるらしいとわたしが考えるのは、まったく当然だった。

この土曜の午後から三日後、わたしの屋根裏部屋のドアを、朝七時に誰かが力強くはげしくノックした。最初わたしは、アーデルハイトおばさんが、フランツがわたしのところにいるか偵察にきたのかと思った。かれは一時間前にはもう出かけていた。ドアを開けずに、わたしは二度寝しようとした。するとドンドンドンとさらなるノックの音、それから荒っぽい男の大きな声がした。

数分後にはふたりの男がわたしのベッドの下ではいつくばり、マットレスの下、わたしのトランクのなか、さらにはわたしの室内用便器のなかまで覗きこんでいた。わたしがドアを開けると、「秘密警察だ」と、かれらはつっけんどんに言い、わたしの質問にはいっさい答えてくれなかった。

階下のアーデルハイトおばさんの住まいでは男たちが家宅捜索をつづけていた。アーデルハイトおばさんが叫んでいる。「こんな恥辱、とんだ面汚しだ、こんなことがわが家で――わたしはちゃんとした未亡人で、長年、ナチの活動にも関わっている……」。「それは存じ上げていますと、男のうちのひとりがひどく好意的にアーデルハイトおばさんに言った。「あなたが問題なのではありません」。「どんなやつをうちに住まわせているのかを知っていたら」とアーデルハイトおばさんは金切り声をあげ、凶悪宝石窃盗団の一味であるかのように、わたしをじっと見た。わたしには何ひとつほんとうのこととは思えなかった。ひょっとしたらまだ夢を見ているのかも。一緒に下の階に行くのに、着がえも許されず、ただレインコートだけをまとった。腹立たしいことに、フランツはもう出かけていた。オフィスの営業時間前に、野菜を買いに屋内市場《マルクトハレ》に行かなければならなかったのだ。

アーデルハイトおばさんはそれから、わたしに着がえの服を取りにいくことを許したが、わたしはその間、ずっとふたりの男に監視されていた。かれらは必死になってさがしたけれど何も見つけられず、前にもまして激怒し、体をこわばらせているようだった。

わたしはこれからかれらと一緒に車で警察署へ行き、秘密国家警察《ゲシュタポ》の部屋に何時間も缶詰にならなければならない。

何が起こったのかわからないまま、調書がとられた。ケルン方言を話す男たちが、べつのケルン方言を話す男たちについて、かれらが「赤色戦線[47]」と叫んだ、と述べていた。高齢の女性がやってきて、何時間も彼女の間借り人のことを話していた。かれは家賃を払わず、共産主義者で、彼女がバルコニーに飾った鉤十字《ハーケンクロイツ》の小旗を引き剝がしたんだそうだ。いいや、じぶんでは見ていない、でも引き剝がされていた。正面側のいちばんいい部屋をその男には提供した、警官だった亡くなった夫のひじ掛け椅子も。「警部さん、写真をもってきたんだ。ほらご覧よ」。彼女は夫の椅子を部屋に置いた。だが三か月前から間借り人は家賃を払ってくれない。「バルコニーの鉤十字《ハーケンクロイツ》の小旗はほんとうにすてきだった、警部さん、あんたたちが見てくれていたら。わたしの弟が証人だ。弟は外で待っているよ……」。弟は友だちと一緒に入ってくる。ふたりは老女よりも年寄りくさく、帽子を手にしておとなしそうな目つきをした、しわだらけの男たちだった。老いた警官の妻は、鉤十字《ハーケンクロイツ》の小旗と未払いの家賃を思って泣きはじめる。「彼女はもう頭がおかしいんです」と弟は言う。「こうしたばあさんに、それに加えて興奮や心労ときた、つまりなんだ、彼女の脚には水が溜まっていて、もう何年も家から出ていないんです」。それから弟は語る。じぶんには相続権があって、姉が死んだら、共産主義者が現在払っていない家賃もじぶんのものだが、やつは出ていかないだろう。いったいなぜかれが共産主義者かって？そりゃやつのやることなすこと見てればわかるさ。老人たちの話は何時間もつづく。言うことすべてを役人がタイプライターで記録する。その部屋では三台のタイプライターが休みなくひっきりなしにカタカタいっている。つぎつぎと誰かを告発しに人びとがやってくる。このぱっとしない灰色のゲシュタポの部屋がケルンじゅうの人びとの集合場所のようだ。

ある年配の男性が一四歳の少年とやってくる。「教えてください、ゲシュタポのお役人さん、わたしの息子、ここにいる孫の父親のことで来ました。一階のファブリツィウスさん、わたしたちはヴァイヤー通りに住んでいるんだが、そのファブリツィウスが、息子が酔って階段から落ちたときにゲーリング大臣を罵ったと、息子を告発したんです。お役人さま、ここにいる孫が誓ったっていい——ピター、こっちへおいで——ピター、お父さんが帰ってきて、おまえがドアを開けたとき、お父さんが何かに躓《つまず》いて、ひどい悪態をつくの聞いた、それだけだよな。おまえはこれが真実だって誓えるかい？」少年はうなずく。「ようするに、ファブリツィウスがうちの嫁としじゅう喧嘩をしているからにすぎないんだ。きっかけは洗濯場でだったんだ……」。

「うちの人はどこ？」タイプライターのあいだからとつぜん、髪はぼさぼさで血の気の失せた顔をしたひとりの女性が姿をあらわす。妊娠していて、いまにも生まれそうだ。わたしは跳び上がり、彼女を座らせようと、間隔をあけて壁際に座っていた告発された連中もみな跳び上がる。陣痛がはじまらんばかり。「うちの人はどこ？　昨日の晩九時にいきなり連れていかれちまった、失業手帳と失業手当がカバンのなかに入っていたんだ、わたしには一銭もない、もう生まれそう、うちの人はどこなの？」タイプライターはずっとカタカタいっている。「おたくの住所は、奥さん」と、役人が言う。「大丈夫だよ、安心なさい」。その女性もまったく落ち着き払い、かたくなである。「うちの人はどこ？」

　ますます多くの人びとがここに押し寄せてくる、ゲシュタポの部屋はまさしく巡礼地といったところだ。母親たちは嫁を訴え、娘たちは舅を、兄弟は姉妹を、姉妹は兄弟を、友だちはその友だちを、飲み屋の常連客はほかの常連客を、隣人はその隣人を。そしてタイプライターはカタカタ、カタカタ、カタカタ。すべての調書が記録され、すべての告発者はていねいで親切な扱いを受ける。その合間に息子が姿を消した母親が、夫が姿を消した妻が、兄弟が姿を消した姉妹が、親が姿を消した子どもが、友だちが姿を消した友だちがやってくる。問い合わせに来た人たちは、告発者ほどにはていねいにも、親切にも対応してもらえない。

　何時間も経ってようやく尋問されたとき、わたしの頭のなかではいろいろな考えがぐるぐるかけめぐり、耳のなかでは絶え間なくカタカタいう音、お喋り、ざわめきが響くだけだった。わたしはとても疲れていて、もうどうにでもなれという気分になっていた。恐怖もなく、じぶんの身に何が起こるかにもちっとも関心がなくなっていた。

　名前、年齢、出生地、宗教を申告しなければならなかった。ほかの人たちも同様だった。共産党員かどうか、どのような政治的見解をもっているか、交友関係、これまで政治的あるいは宗教的な団体に入っていたことはあるか、国家社会主義《ナチズム》に対してはどんな立場をとっているかなど、これまでの人生でこんなにもたくさん質問されたことはなかった。それから話はしだいに、わたしがゲーリングのラジオ演説について反逆的な発言をし、総統についても物笑いの種にするような意見を述べたという本題に入っていく。わたしはまったく驚かなかったし、アーデルハイトおばさんがこのくそいまいましい状態に陥れたことは、もうとっくに明らかだった。わたしはみんな説明しようとしたけれど、そのとき役人がものすごく真剣で険しい顔をしていたから、説明によってはひょっとするとさらに事態が悪化しかねないと考えた。そこでわたしは、ラジオでゲーリングの罵倒を聞きたくない、そして総統の演説でもっとも優れているのはかれが汗をかいたことと発言した、と書いてある調書に署名しなければならなかった。

調書にサインをしたあと、わたしは階下の即決裁判所判事のところへ連れていかれた。その人の話し方は司祭のようだった。若い男性で、ひどくもったいぶっていた。かれは言った。「ここだけの質問だが、前回の選挙ではどこに投票しましたか？」もうすぐ一八歳になるところなので、まだ選挙権はないと、わたしは答えた。かれは三十分ものあいだ、今回は保護検束とすることもできると説明し、それについてわたしはどう思うかをたずねた。どう思うべきだっていうわけ？　かれの目はとてもきらきらしていた。もしもこいつがわたしにキスしようとしたら、わたしは全力で腹を蹴り、このゲス野郎はわたしの目の前でくたばることとなっただろう。しかしかれがわたしを保護検束とするのなら、わたしにはそうさせるしかないだろう。

さらにこの権力をもった若い小男の声のざわめきはつづく。その部屋はせまく、灰色で、牢屋のようで、うす暗い日の光がすこしだけホコリや灰色の書類に当たっていた。わたしは疲れて絶望的な気分だった——このまま一生ここにいなくてはならないわけ？　急にパウルの言葉が思い浮かんだ。ある晩かれが、言いたいことを喋れる国について話してくれたことを、わたしはけっして忘れないだろう。そこでは神聖な十戒に対して罪を犯さないかぎり、おそれる必要はないのだという。目に見えぬ危険などない国があり、そこでは好きなときに挨拶していいし、気持ちに正直に、祝日に泣いてもいいし、服喪期間に笑ってもいい。

わたしはその話を急に思い出したのだった。ここに座っていて、罰せられることになっていたけど、わたしにはその理由がわからなかった。わたしにはもはや、何が善で、何が悪か、わからなかった。パウルが話してくれた遠くのすてきな国々に思いをはせると、涙があふれ出た。こんなふうに泣いたのは生まれてはじめてだった。

若い即決裁判所判事は、わたしが悔いて、あるいは不安で泣いているのだと考えた。わたしがそいつの前で涙を流したことに満足し、その場から退出させた。

下の正面入り口でわたしは、みすぼらしい大きなトランクを抱えた高齢の女性とぶつかった。「泣くのはおよしなさい」と老女はわたしにいった。「泣かないで、わたしはあの子がちゃんと食べているかが心配でね、見てごらん、ほら」。そして彼女は大きなトランクをいわくありげにコツコツとたたいた。顔色のわるい若い警官がやってきた。じっさいに人が見るのはいつも警官のヘルメットだけで、けっして顔は見ないのだけれども。「彼女は頭がおかしくなってしまったんです」、とかれはわたしに言い、ぼんやりと笑みを浮かべるそのちいさな老女を指した。「息子が七か月前から強制収容所に入っていて。かれはかつてのぼくの同僚でもあるのですが。生きているのかさえわかりません。母親は気が変になってしまって、食事もとらずに一日中パンにバターを塗りつづけ、いつもいつもバターパンをつくってはそれをトランクに詰めて、ここに運んでくる。息子がじゅうぶんに食事をあたえられているのか心配なんです。彼女はがんばって階段を上って、トランクをゲシュタポまで運んでいきます。いつもトランクごと追い返され、それでもまた来るのです。できることはありません、あるとすればほんのすこしだけ」。若い警官はトランクを引き取り、言った。「こちらへどうぞ、奥さん、わたしがトランクを運んでいきましょう」。ちいさな年老いた女性はうれしそうだった。「まあ、おまわりさん、あんたはなんていい人なんだ、お嬢さん、泣かないで、あの子はもうすぐ食べさせてもらえる」。

わたしは家に急いだ。「出ていこう」、わたしには「出ていくこと」しか考えられなかった。店の前でフランツに会ったので、屋根裏部屋へと引っぱっていった。「トランクを詰めたら、出ていく」。

わたしに何があったか、フランツにはまだ皆目見当もついていなかった。荷物をまとめながら、わたしはフランツに事情を話した。すこしばかり話が混乱して、ほんのちょっとあわてふためき、ごちゃごちゃになっていたかもしれなかった。「いったいどこに行くの?」、激怒して階下に下りていって母親をぺしゃんこになるほどつよく壁にぶつけたりなんてせずに、フランツは色の失せたくちびるを震わせながらたずねた。「ここにいてくれよ」とフランツ。「ここにいてくれってば、これ以上何も起きないよ。ぼくが母さんと話すから」。「とっとと失せやがれ」、わたしはかれに向かって叫んだ。何も理解しないばかに用はない。

「わかったよ、でも、それじゃあどこに行くの」、フランツは食い下がる。どこへって？　ひょっとしたらラッペスハイム、あるいは――このときわたしはひらめいた、フランクフルトのアルギンのところがいい、もう何度もわたしを招待してくれていたし。とにかくわたしは気が狂いそうだった、フランツには理解できない、わたしにとっては世界中のどこでも、かれの母親の家よりは安全だということが。商売でもうけた金をわたしに使わなければならないから、フランツがわたしのせいで彼女に給料の半分しか渡さないからわたしを憎むようなこの女の家に住んでいたら命に関わりかねないということが。フランツの給料のことだけでも、彼女には、わたしを放り出して強制収容所に送る、じゅうぶんすぎる理由だったのだ。とつぜん、すべてが明々白々となった。そしてそのほかにも彼女には、わたしを憎むたくさんの理由があった。明日にも彼女はわたしの食事に毒を入れるかもしれない。

「まず母さんと話してみなよ、下に行って、話してみてよ、事情がすべて明らかになるよ、きっと全部フリッケのせいだ」。この瞬間、わたしにはフランツが我慢できなくなった。ひどくむかむかして、それどころか、かれにビンタをしてしまいそうなくらい胸くそわるかった。何年ものあいだ、母親はかれを苦しめてきた。彼女のもとで一分たりともうれしいときはなかったはず。それがとつぜん彼女に味方して、彼女を守るとは。どうして？　彼女がかれを虐待したから？　彼女がかれの母親だから？　好きにすればいい！　そんな男は母親と暮らし、ほかのすべての女を諦めればいい。

わたしが彼女からたったひとりの息子を奪った、とアーデルハイトおばさんが嘆くさまを思い返すと、いまでも吐き気がする。それなのにおばさんは戦争に賛成なのだ。彼女の息子が戦死することに、まったく異論はない。ただほかの女がかれを奪ってはならない。アーデルハイトおばさんだけが、こうしたタイプの母親なのではない。ゲルティなら、それを歌にできるだろう。老いた女は、どんな年寄りの男よりも、下劣で醜くなれるのだ。

フランツはわたしのトランクを駅まで運んでくれたが、わたしはかれと話さなかった。待合室で、ビール一杯で五十分のあいだ座っていたが、わたしはかれと話さなかった。かれは列車に乗るわたしにトランクを手渡したが、わたしはかれと話さなかった。列車が発車すると、わたしは窓の外を見た、手も振らずに。

ひとりぼっちで悲しげにホームにたたずむフランツが見えた。

数分後にはわたしは泣き叫びそうになった、手も振らなかったから。それくらい、わたしはおかしくなっていた。

列車がケルンから遠ざかるにつれ、わたしの心はしだいに晴れやかに、軽くなっていった。ようやくあらゆる生命の危険から救われた気分だった。

人がいいグラウティッシュさんのことを思った。フランクフルトから彼女にはがきでも書こう。

彼女はわたしたちの隣に住んでいて、アーデルハイトおばさんとは敵対し、わたしとは親しくしていた。数日前、わたしが彼女に会ったとき、彼女はペフゲンから大量にビールを買い込んできたところだった。「これはミーベスのさ」と彼女はわたしに言った。「あの人がこれをぜんぶ飲み干して、それからしこたまシュナップスを飲めば、おそらく酒がきいて眠くなるだろうよ。いまじゃあわたしは倍の量を許してるけど、飲み屋には行かせてない。亭主を愛していて守りたいなら、いまどき、女房は亭主を酒場の常連の集まりには行かせられやしない。ケルンの男たちは口がわるいから、酔っぱらったら、いかれた政治についてあることないこと喋ったり、ばか話や下品な意見を言いはじめる、そこにはまったく気のいい連中しかいないと思ってるんだ。そして次の日、二日酔いで家でぼけっとしていると、商売がうまくいかなくて妬んでいるどこかの誰かが、告発しようと、もうゲシュタポか党支部に向かっている。これからわたしが家に帰ったら、ザナちゃん、うちのミーベスは腹を立てて部屋に座ってるさ。『エルヴィーラ、これじゃまるで強制収容所にいるみたいじゃないか』。『あんたはまだ気づいてなかったのかい』とわたしは言って、それからこう言ってやる。『全国民が強制収容所にいて、政府だけが自由に動き回っている』ってね」。

フランクフルトのアルギンとリスカのところで、わたしがこれまで知らなかった、まったく新しい人生がはじまった。しかし残念ながら、ここでも常に政治的な何かが起きていた。

フランツにわたしは手紙を書き、フランツはわたしに手紙を書いた。かれはほんのわずかなこと、話す以上のことは書けない。わたしはたくさんの新しいことを経験し、たくさんの新しい知り合いもできたから、さびしいとは思わなかった。かれらはみなわたしに親切で、不運にも先に出会ったケルンのひとたちとはぜんぜん違っていた。わたしにはもう、すぐに結婚する気はなかった。だって時間がある、わたしはまだ若かったし、フランツだってそうだ。四か月前からふっつり、フランツから連絡が来なくなった。わたしも変だとは思い、そのことを心配していたけれど、すごくというほどでもなかった。いつもそのほかのたくさんのことで頭がいっぱいだった。あるとき、わたしはフランツに、いったいどうしたの、と書いた。返事はこなかったが、それはそれでかまわなかった。

それが今日になってこの手紙！　手紙を読むとき、胸の鼓動は高まり、なんだかほとんど後ろめたい気持ちになった、もっとも手紙を書くのをやめたのはフランツのほうが先だったのだけれども。ずっと、何かおかしいと、なんとなく思っていた。しかしいまになって来るなんて。もしも病気なら、来ようなんて考えないだろう。とはいえ、明日が終わるまでは、わたしはリスカの大パーティーしか考えられない。パーティーは明晩行われ、そのために明日の朝からぶっ通しで、しゃかりきで働かなくちゃならない。家中のものを動かさなければならないのだ。リスカはわたしにもパーティードレスをプレゼントしてくれた。バラ色の絹製でウエストには深紅のビロードのサッシュベルトがついている。

リスカ！　彼女はいつだってとってもやさしい。わたしは彼女に、ハイニィと話すことを約束した。

V

「こんばんは、ハイニィさん、よかった、あなたがいらっしゃって」。「やあ、ザナちゃん。ここにお座り、ドクター・ブレスラウアーもよろこぶよ。美しき野蛮人のリスカさんと、それに辛気くさいベティはどうしているかい？」

人びとはテーブルクロスがかかっておらず茶色の木がむきだしになっているテーブルにつき、細いベンチに座っている。これなら、眠くなっても、タバコの火でテーブルクロスに穴をあけることはない。酒場はざわめき、もうもうとした煙でいっぱいだ。ハイニィはわたしのためにビールとネズ酒を注文する。「飲みたくなかったら、そのままにしておけばいい」。そしてかれは友人のユダヤ人医師、ドクター・ブレスラウアーと話をつづける。ドクター・ブレスラウアーの目は疲れぎみでどんよりとし、はげた頭にはブロンドの毛がほんのわずかばかり残っていた。信じられないと思うかもしれないが、このほんのすこしの髪からもふけが落ちる。五日後にはかれはロッテルダムに発ち、そこからアメリカに向かう。明日の晩のパーティーにはかれも招待されている。

〈あなたが変わらぬ愛を誓うのはむり、いえ、いえ、それはありえない……〉[48]。カウンターの隣に太ったゲイのトーニが座り、ギターを弾きながらそれにあわせて歌う。とくべつすばらしいというのではないが、元気をくれる。とにかくわたしはかれが歌うのが好きだ。

ハイニィは四十歳で、かつては有名なジャーナリストだった。いまではほとんど何も書いていない。それもやっぱり政治的理由からだ。お金はなかったが、いつもかれのために何かを提供してくれる人がいて、その人たちはハイニィが一緒に座ってくれると、しあわせで光栄な気分になるのだった。ハイニィの知り合いはみな、ハイニィがとても無礼で、ひどい態度を取っても、かれのことが好きなのだ。

かれは四十歳で、ほんのすこしだけわたしより大きい。つまり背が低かった。太ってはいないが、がっしりしている。髪はやわらかく茶色で、灰色の目は、銀色の輝きを帯びた、典型的な飲んだくれの目だ。モーゼル川沿いの人びとがそうだったので知っている。夜にはとてもすてきに見えることもあって、じぶんの目がこんなふうに輝くといいなと思うけれど、わたしはそんなにたくさんは飲めない。

みんなかれに対してハイニィあるいはハイニィさんと呼びかける。かれの著名な記事にいつもそう署名していたからなのだけれど、そもそもほとんど誰もかれの姓を知らない。

六か月前にかれは、政治について議論のできる知り合いがたくさんいるフランクフルトにやってきた。いまはドイツ民族についての資料を収集している。アルギンも昔からの知り合いで、それゆえにリスカもハイニィと知り合いだった。

何か月ものあいだ、わたしたちは週に何度も会ってきたけれど、ハイニィに恋をするなんてリスカには思いも寄らなかった。彼女はいろんな人のことが気になっていたが、ハイニィにはまったくなかったのだ。

いまでは彼女は恋い焦がれるあまり、憔悴し、狂わんばかり。明日のパーティーはそもそもかれのためだけに開かれるのだ。アクアマリンでできたアクセサリーをし、肩を出し、胸を大きく開けたティーローズ色のイヴニングドレス姿を、リスカはハイニィに見てほしいのだ。彼女はハイニィがとつぜん彼女のなかにまったく別の女性を見いだし、ようやくかれの目はリスカの魅力に気づき、夢中になるだろうと思っているが、とはいえ、これまでのところかれにそうした気配は見られなかった。普段着の女性とイヴニングドレス姿の女性はすこしちがうというのを、彼女はどこかで読んだらしい。たしかにそうかもしれない。ほんとうはとうにやってみたかったのだけれど、これまでリスカはイヴニングドレスを着て、ハイニィの前に出る機会がなかった。いかなる神も女性も、ハイニィとオペラ劇場やエレガントなバーに行く約束をとりつけることはできない。栗鼠屋やミュンヘン酒場にイヴニングドレスを着てくる人などいない。もしもそんなことをすれば、おそらくすごく変な人に見えるだろう。だからパーティーをセッティングしなければならなかったのだ。

リスカがとつぜん恋に狂いだしたのは、夢とベティ・ラフのせいだ。このベティ・ラフをわたしは最初から、アーデルハイトおばさんよりもずっと危険だと感じていた、もっとも彼女のわるいうわさは聞かず、いいうわさしかないのだけれど。彼女はとても頭のちいさい、ガリのノッポだ。彼女の肌は緑がかった茶色で、トガリネズミみたいな細い顔には詮索好きな茶色い出目がついていて、後ろになでつけたワカメみたいな茶色の髪はぬるぬるして冷たく、やせたちいさなカエルの手をしている。三十歳で、すえたにおいがし、辛気くさい。彼女は銀のブローチや皿を作る工芸の仕事をしているから、すでに十年前からリスカとは知り合いだった。

一年前にベティは、リスカに会うためにフランクフルトにやってきて彼女のもとに身を寄せ、そのまま居ついた。ベティがじぶんとは関わりのないことすべてに世話を焼くのは、彼女がとてつもなく高潔だからだ。すべての人を助け、たがいを和解させたいと思っている。いたるところで気高いもくろみに介入し、あらゆる人びとを仲たがいさせる。ハイニィは彼女のことがよくわかっていて、彼女を「毒のくさび」と呼んでいる。

ふたりの人間がたわいのないことで議論をつづけているとする。仲直りさせようとベティがその場に加わらなければ、あと一分くらいでふたりはふたたびうまく折り合ったことだろう。ベティが和解を試みた人たちは、死ぬまで敵対することとなる。

彼女はリスカの結婚生活にキクイムシのごとく食い込んできた。「あなたの夫があなたのことを理解してくれなくても、やさしくしてあげてね。あなたはこんなにもすてきで、すばらしく美しい女性なのだから。もちろんかれはあなたを愛している、だから心配しないで」。ベティがそんなことを言わなければ、リスカはまったくもって心配などしていなかった。

そしてアルギンにもベティはまったく同様にふるまう。「アルギン、作品を朗読していただけないかしら？　わたしがリスカをどれほど愛しているかはご存知ですよね。彼女があなたのお仕事に関心を示さないことがあっても、それはわかってあげなければなりません。彼女はとっても魅力的な子なんですから。わたしはただ、あなたがたおふたりにともにしあわせでいてほしいんです」。それを聞いてはじめてアルギンはじぶんがしあわせでないことに気づいた。

はじめのうちかれはベティに耐えられず、できることなら追い出したいと思っていた、が、いまでは毎晩、図書室で彼女と一緒にいる。かれが晩あるいは夜遅く帰宅すると、彼女はアルギンに食べものと飲み物をもっていき、かれが口を開く前に、神の前の崇拝者のようにその前に座る。彼女はリスカに「あなたのためじゃなければするわけないでしょ。リスカちゃん、あなたは休んでいて、あんな男のために神経を使う必要はないのだから」と言う。そしてリスカはベティに感謝し、アルギンもベティに恩を感じている。

ベティ・ラフ曰く、彼女は男性に肉欲を感じないそうだ。ただしどんな男性も彼女に肉欲を覚えないという点で、彼女は思い違いをしている。みずからの品性を高めるため、より高みへと成長させるため、彼女はすでにかなり若い時分から菜食主義者として暮らしてきた。

数年前にある菜食主義者の新聞に、孤独で繊細な心の持ち主であるスイス人からの広告が載っていた。その人は同じような感情をもった自然愛好家との文通をもとめていた。この心の持ち主とベティは文通をはじめた。

一年にわたる文通を経て、かれらが完全に同じ感受性をもったものどうしだと明らかになったのち、若きスイスの菜食主義者はベティを彼女の両親のもとに訪ねた。ベティの親は血の滴るビーフステーキが大好きで、それにあわせてビールも飲んだ。繊細な若いスイス人が来たとき、かれらはニンジンのフライとオートミールしか食べることを許されなかった。両親が五日間、苦しみながら耐えたのは、ベティをようやく嫁がせることができるかもしれないと願ったからだった。

ベティと両親の願いは、もしも血色がよくて肉好きなベティの妹がいなければ、おそらくかなったことだろう。この娘は繊細で金持ちの若きスイス人を、なかば罠にかけて、なかばむりやりじぶんのものにした。滞在六日目にベティは、かれと赤ら顔の妹が一緒にレストランで子牛のすね肉を食べ、ミュンヘン・ビールを飲んでいるのを目撃した。ベティ曰く、この瞬間、彼女のなかで何かが壊れてしまった、と。

およそ四か月前の朝、わたしはリスカの部屋に行った。彼女はまだベッドに寝ていて、ベティはソファーに腰かけていた。「ねえ座って、ザナ、あなたも聞いてちょうだい、とてもおもしろいんだから」と、リスカは呼びかけてきた。ベティは眉をひそめた。彼女はゆかいなことが好きではなく、そしてじぶん以外の誰かに何かが打ち明けられるのも、いやなのだ。おそらくリスカはまた夢の話をしたいんじゃないかとわたしは思った。彼女はよく、刺激的で支離滅裂で変化に富んだ夢を見る、夢ってもともとそういうものなのだけれど。それからきまってすぐに誰かに話したくなる。アルギンも朝は暇だったけれど、かれはもうとうにリスカの夢に関心はなく、それを聞く気もないのだった。他人の夢はわたしにだって退屈だ、だって誰でもじぶんで夢を見るのだから。

ベティはしかし、リスカの夢に興味津々に耳を傾けては、それを解釈する。そしていつも真っ先に、重苦しい陰鬱な声で「奇妙だこと」と言う。

さてこの日の朝、リスカはハイニィの夢を見たと語った。これまで一度もかれのことを気にかけたことはないし、考えたこともなかったから、彼女にはそれが解せなかった。夢のなかでリスカはよりによってハイニィとキスをし、かれはとても魅力的だったという。もしかするとふたりのあいだにそれ以外にも何かがあったのかも、リスカはそんなことを仄めかす。「奇妙だことと」とベティは言い、「まったく奇妙だこと、わたしはいつもそうじゃないかと予感してたんですよ」。

とはいえこうした夢それ自体はまったくたいしたことではない。わたしたちは見た夢について笑って、忘れてしまうものだから。ああ、これまでわたしの人生でいったいどんな夢を見たことやら。このあいだは、ものすごくびくびくしながらハンナ・ポルツと荒れ狂う水のなかを泳ぎ回った。ハンナはわたしと一緒に学校に行っていたが、友だちでもなく、喧嘩したこともなかった。何年も彼女には会っていなかったし、彼女のことを考えたこともなかった。それなのにまたなぜ？　唐突にわたしは彼女の夢を見た。それからこんなこともあった。夢のなかでわたしはリスカやアルギンとはげしくやりあったのだ、ふたりともいつもわたしにやさしくしてくれるというのに。夢のなかでふたりはとても意地悪で、わたしは涙を流し、すっかり泣きはらして目を覚ました。そしてコーヒーの席に着いたふたりを見てもわたしはまだ怒っていて、まったく口をききたくない気分だった。夢のなかのふたりにそれほどまでに腹を立てていたのだ。しかし一時間後にはすべてが消え去ってしまった。

おそらくリスカの場合も、もしもベティがすべてをそんなに奇妙だと思わず、何時間も夢について話し合ったりしなければ、すべて消え去ってしまったことだろう。

その晩にわたしたちはハイニィと会ったが、リスカははじめて、いわゆる超越的な関係をもってしまった、その男性をまじまじと見つめた。とくに彼女の注意を引いたのは、ハイニィが礼儀正しく、親切であったことだ。もっとも恋愛感情のかけらもなかったけれども。それからというものリスカは、ハイニィに気づかれないように、懸命にかれのことを気にかけはじめた。就寝前に彼女はベティとわたしに、わたしには夢が理解できない、例のハイニィは、ほんとうに好きになるような男性ではない、そのうえ生理的にまったく受けつけない、と言ったかと思うと、翌朝になると、ハイニィには惹かれるところがある、でも、それは恋とはまったく関係がない、と言う。数日後には、ハイニィを誘惑するのも楽しいかもしれない、かれのことをうろたえさせたい、と彼女はのたまう。

残念なことにハイニィは何があってもうろたえなかった。リスカのハイニィへの想いは、もしもベティがふたたび全力で手出ししなければ、すぐにもどうっていうこともなく消えていたんじゃないかと思う。ベティ曰く、戯れの恋はくだらなくて下劣だが、大いなる感情、はげしい情熱は理解できる。リスカはとてつもなく情熱的で、重厚な人間なのだが、ひょっとすると彼女自身は、じぶんがどれほど苦しんでいるかわからないのかもしれない、と。またリスカに、わたしにはあなたとハイニィのあいだになんともいえない謎めいたものが漂っているのが見える、と言った。わたしも注意していたけれど、謎めいたものなどすこしも見えなかった。それからベティはアルギンに、あなたの妻がすこしやつれて様子がおかしくても、深刻に受けとめるべきではなく、彼女に思いやりをもってやさしくしていれば、そういったことは過ぎ去っていく、と話す。それをきいたアルギンはリスカに、いったいどうしたのかとたずねた。リスカは、いよいよアルギンまで何かに気づいたのかと、ものすごくびっくりした。いまではもう、リスカはハイニィ以外のことは考えられず、かれ以外のことは話さず、完全に首ったけである。

朝から晩まで彼女はベティとハイニィのことばかり話している。彼女がベティのことをおそれているのは明白だった。リスカがときどきわたしと話し、わたしにも何かを打ち明けていることを、ベティは知ってはならない。ベティはいまではもうほとんどすべての家内政治を握っていて、その気になればわたしを追い出すことだってできるだろう。

＊

「トーニ」とハイニィはギター弾きに声を掛ける、「美しい『伯爵と乙女の歌[49]』を弾いてくれないか。ブレスラウアー？ もう一杯ネズ酒を飲みたいだろう？ ザナ、きみもかい？ ウエイター、ネズ酒を三つと、ヘレス・ビールを三杯、追加を頼む。わかっているね、わたしは金は持ってないよ、ブレスラウアー？ きみがこの期に及んでふさいだ面をしている報いに、シャンパンを注文させてもらうよ、もっとも残念ながらわたしの口には合わないんだがね。ザナちゃん、シャンパンを飲むかい？ いらない？ でもグラーシュ[50]は食べられるだろう。きみも何か食べたほうがいい、ブレスラウアー。慣れてないくせに、今日はずいぶん飲むなあ、後になって吐くことになるぞ。腹に何かを入れたほうがいいさ」。

伯爵がかれの乙女のところで眠っていました
日の光が輝くまで
夜が明けると
彼女は泣きはじめました……

「遠慮せずに一緒に歌ってくれ、ブレスラウアー、きっと元気が出るさ」。

ああ母よ、いとしいわが母よ
わたしに光の入らぬ部屋をください
わたしが涙を流し、祈りを捧げられるように
わたしの嘆きを鎮めるために

ブレスラウアーは歌おうとするが、できない。ハイニィの右目は冷酷だが、その左目は同情にあふれているように見える。かれのはげ上がった額は広く、きまじめで、笑みを浮かべた口はよく回る。
わたしは死んだベルトヒェン・ズィーリアスについて話す。「そいつは結構」、ハイニィは言う。「列破り七号が名誉の戦死を遂げた、両親は何年もそれで生きていけるさ」。ドクター・ブレス

ラウアーは青ざめ、ショックを受けている様子だ。「ハイニィ、それはあんまりだ。ひどい話じゃないか。五歳の子どもとは。おお、なんてかわいそうなんだ」。

「ブレスラウアー、きみとは古くからの親友だから、きみのことはよくわかっている。きみの立派な性格、すこしとはいえ、情けないくらいけちくさいところ――きみは、日々、絶えず、それとたたかわなきゃならん、ブレスラウアーよ――それとすこし貧弱な知性。この五歳の子ども、このあわれな子が、突撃隊《SA》によって立派に育てられたら、三年後には、通りできみにヘップ、ヘップ[51]と罵声を浴びせかけ、いかがわしい強姦未遂のかどできみを告発したことだろう。トーニ、もう一度、伯爵の歌を演奏しておくれ」。

〈伯爵がかれの乙女のところで眠っていました……〉

「ブレスラウアー、わたしには、きみが人種法にどうして反対なのか、まったく理解できないね。この法律はとんでもなく人道的だ。想像してみてくれ、ユダヤ人が法律で週に三度ナチ女性団のメンバーと寝ることを強いられることにでもなったらって」。

〈ああ母よ、いとしいわが母よ……〉

「ハイニィ、なにもかもどれほど深刻かはわかっているだろう、もういいかげん悪ふざけはやめてくれないか」。

「きみが悪ふざけと呼ぶものをやめて、大まじめに話そうじゃないか。きみは医者だ。わたしには医学のことはわからないが、きみたちが思い上がって手出しなどしなくてもたぶん勝手に健康になった連中だって、きみたちの治療のおかげで救われたと思っている。きみはフランクフルトで何十年も開業していて、医者として評判もよく、つまりだ、殺した人の数は比較的少なかったのかもしれない。口を閉じて、飲んでいてくれ、わたしの話をさえぎるな。

おそらく、まったく不要なのに、金持ちから盲腸を取ったこともあったろう。医者と配管工はよく似た愛想のいいペテン師へとなりさがる。かれらの仕事をあとでチェックすることなどできないからね。もし誰かがわたしの腹や便所でめんどうな異状を見つけたら、わたしはそれを信じて受け入れるしかない。世界中の医者にとって最後の審判の日はけっして心地のよいものとはならないね。ブレスラウアー、おそらくきみは比較的寛大に扱ってもらえるだろう。きみはおおぜいの人びとをただで助けてやった。だからきみのことは黙っているつもりだし、それでいいじゃないか。なのにそのうえ、きみはひどく感傷的になって苦しんでいる。いったいいくつになったんだい？　四三歳か？　もっといってるかと思ってた。まあ、きみが美とみずみずしさをけっして失わなかったことなどどうでもいいさ。どうして無い髪をまっすぐになでつけようとするんだ？

もうきみはドイツにいられない。もはや働くことはできないんだ[52]、きみの病院ではきみには手術が禁じられている。幸運と、それにまあこれまでの功績といってもいいかもしれないが、そいつが、きみに北アメリカの病院での主任医師の職をもたらしてくれた。だからきみはこれからも医者をつづけられるし、金を稼いで何不自由なく暮らせる。さらにきみは外国に相当な財産をもっている。考えてもごらん、みずから望んで、あるいは必要に迫られて、出ていった貧しいあわれな人たちのことを。金のないものは、職もなく、有力な親類もいない。ブレスラウアーよ、じぶんのことを、ひどい扱いを受けて同情されるべきで、すでにドイツからの亡命者と思っているだろう。ほかのすべてがきみに与えられるべきだとしても、わたしの同情だけはもとめてはならない。わたしが同情するのは、何千もの貧しい、きみの仲間の亡命者たちだ。困窮アーリア人だろうが、ユダヤ人だろうが、道路工夫だろうが、それとも知識人だろうが、ひょっとしたらかれらに同じ運命をもたらすが、それはきみのとはすこしも同じではない。ひょっとしたら、そのうち、ともに追放されたものたちにきみが思いをめぐらせる日が来るかもしれないし、そうした考えを慎重に払いのけるかもしれない。きみはいまにアメリカの市民権を獲得するだろう。きみは力強く、誇り高く、アメリカの地に立つ。なんという国だろう。すべての人びとがきみには魅力的だ。なぜなら第一にきみには金があり、第二にきみには技能があり、そのうえ勤勉で、第三に物腰がやわらかく人当たりがよい一方、かたくなな一面も持ちあわせており、つまりきみは、殴られっぱなしで嫌われるタイプの人ではない。最後の瞬間に抵抗を開始するからだ。第四に既存の法や風俗習慣に従うことはきみにとっての最高の官能的よろこびである。ブレスラウアー、きみは縁起のいい気質の持ち主だ。そしてきみには金がある。——どうしたんだい、ザナちゃん、まだ何か飲みたいのかい、トゥルムプフ・チョコレートの自販機から、金を入れずにすごい色のプラリネを買ってやろうか？　わたしならできるさ」。

ハイニィは片手でわたしを抱く。かれの声はしわがれているがはっきりしていて、わたしは何時間でも聞いていられるかもしれない、そのうえ、かれの言っていることはときにはわたしにも理解できる。

「ブレスラウアー、故郷について話すのはやめろ、そんなものは聞くに堪えない。われわれをまともに扱ってくれるところが故郷だ。子どものときに虐待された親の家には、大人になってもけっしてセンチメンタルな愛情のこもった思い出などもたないだろう。それに、なりたくて医者になったんじゃないか。血と膿こそがきみの故郷だ。
ドイツの森についてまた何か話すというなら、わたしは席を立って、きみを置いていくよ。わたしのアーリア的な輝きがなければ、知っての通り、すぐにもきみはもっとユダヤ的に見えるはずさ。アメリカでも夏にアリ塚に座ったり、秋にはどんぐりを集めたりする機会があるだろう――今日まで、それがきみの人生の幸福のひとつだとは知らなかった」。

わたしは家に帰りたいのだけれど、席を立ち、ここから出ていくにはあまりに疲れている。そこへ太った親切なマンダーシャイトさんがさらに加わる。かれは五十歳で、新聞の広告部門の責任者である。かれの脚が痛いのは、今日丸一日、冬期貧民救済事業のために募金を行わなければならなかったからだ。ひどく疲れて気分がわるそうで、風邪も引いていた。ハイニィはそれを見てよろこんでいる。「マンダーシャイト、十マルクおくれよ。細かい金がなければ二十マルク札を渡してくれてもかまわないさ。ありがとう、マンダーシャイト。座ってくれ。きみは悲しいんだね、きみがナチの闘士ではなく、昔からの人民党員[53]、もちろん、だったことが。きみはたいへんな罪を背負い込んだもんだ。あまりにも長いこときみはリベラリズムというヴェーヌスベルクに気持ちよくまどろんでいた。いまでは現代のタンホイザー[54]として、冬期貧民救済募金箱をもって緑の芽が吹くまで駆け回らなくてはならない」。

ハイニィがこんなふうに話すと、マンダーシャイトはとても不安になる。かれは立ち去りたいし、とどまりたい。疲れているのでここにいるだけだ。ハイニィをおそれ、かれの職を奪うことのできる政府をおそれている。マンダーシャイトは生きたい。マンダーシャイトの妻は生きたい。マンダーシャイトの子どもたちは生きたい。

＊

わたしは目を覚ましたまま眠っている。わたしの考えは夢、わたしの夢はわたしの思考。リスカについてハイニィに話すことになっていたけれど、みんなの前ではできっこない。ハイニィの手は、無意識のうちに、わたしの肩の上にある。リスカはわたしをうらやむだろう。彼女に対してかれはただいつも「あなた」とか「奥さま」と話しかける。

ハイニィの背広にはしじゅうタバコの灰が落ちるのでかれは灰まみれでひどく灰色になって悲しく見える。そこにリスカがいれば、ときどきかれの背広から灰を払い落としてあげるのに。彼女はときには「あなたの背広から糸をとってもよろしいですか」と言い、こんなふうに顔を赤らめ、弱々しく笑う。もっともハイニィの背広には糸などついていない、彼女はただ触れてみたかったのだ。

糸を取ってあげる以上には、リスカとハイニィとの関係に進展はなかった。彼女は、十万もの部分に分裂してホコリみたいに空気中を漂っているようになってしまった。再三再四、彼女はいろいろな方法で、精巧なモザイクのごとく自身を組み立て、これならハイニィの気に入るかもしれないと考える。それはひとりの女性にとっては途方もない苦労だ。それにどうしたら何もかもが気に入らないハイニィのほんとうに気に入るものがわかるというのか。いちばんいいのはリスカがありのままの彼女でいることだ。けれどそれじゃあ、ありのままのじぶんって？　人はけっして愛する人のためにじぶんに満足することはないのだ。

たとえばハイニィがこう言ったとする。「ぞっとするのは、胸が風船みたいで、いかにもドイツ人といった立派な腰をした大柄の華やかな女たちだ。こういう女の亭主が小男なら、わたしは、一匹のノミが雌牛の上を跳ねまわっているのを考えずにいられない」。それを聞いた瞬間、リスカはちぢこまり、彼女の胸も小さくなる。

ハイニィは言う。「健康を呼びかける押しつけがましいポスターや、脱脂粉乳やリンゴシロップのくだらない移動広告にはムカムカする」。リスカに言っているわけではない。かれがそういうことを口にするとき、リスカのことなどまったく考えていない。けれどリスカはすぐに青ざめ、おしろいをはたいてもっと顔色をわるくし、じぶんは背中もお腹も痛く、疲労困憊して体調がわるいと思い込む。

ハイニィは、かれが好きなのはかん高い天真爛漫な声だけだと言う。すぐにリスカは妙ちきりんなかん高い声で話し、はじめての聖体拝領のときの子どもように、興奮した目でじっと見つめる。

何日かするとハイニィは、女のかん高い金切り声を聞くと腐りかけの肉を食べるよりも気分がわるくなる、女の高い声の毒に体が侵されそうだ、ああいう女たちの声は、だらしなく、堕落し、手入れもせず荒れていて、まさしく貸家住人の声だと言う。「そういう女どもは、あまりに怠惰で、通りで遊んでいるじぶんの子どもたちを食事に呼び戻しもせず、四階から通りめがけてキーキー声をあげる。どうしたらいったいこんな声が出るのかい？　女は、せいぜい向かいに座った人が理解できるよりも大きな声で話すもんじゃない」。

リスカは低音で澄んだ美しい声をしているのに、高い声をあげたと思ったら、今度はふたたびふつうに低い声で話すかわりに、彼女は、地下牢のように太くて低い声を出そうとする。さらには栗鼠屋にときどき来る警官のフロックアルトみたいなかれた声を。長年にわたる大酒飲みがたたってかれは解雇された。この手の声は、どんな女性だって一朝一夕で身につけられるものではない。

ハイニィは、女はみな看護婦でなければならない、看護婦だけに惹かれると言う。すぐにリスカは看護婦っぽくなり、とてもおだやかで悲しそうにあわれみを浮かべた顔で、まるでかれらが間もなくおそろしい病で死ななければいけないかのようにすべての人を見つめる。

三日後には、リスカはカイザー通りで客を取ろうとしているかのような格好をしている。つまり、それはハイニィが、女にはどこかしら自堕落なところがなくちゃいけない、と言ったからなのだ。

四か月のうちにリスカはすくなくとも三十回もまったくちがった女性に変身した。ハイニィが、女は仕事をすべきではないと言うと、リスカは仕事をしない。ハイニィが、女は仕事をしなければならないと言うと、リスカは仕事をする。ハイニィが、女には価値がなく犠牲者にはなれないと言う。するとリスカはすぐさまグラーシュを食べていたフォークでじぶんの胸を刺さんばかり。たまたまハイニィが見ていなかったものの、もし見ていたら彼女は実行していただろう。

そして今度は母親になったかと思うと、ふたたび子どもを手放そうとする。でも偽の子どもだからといって、じっさいにはそう簡単に手放せるものではない。数日前にハイニィは言った、子どものいない女は実のないクルミだ。「こういう女はどうしようもない」。わたしたちが帰宅すると、完全に気が変になったリスカが運わるくハイニィの隣に座ってしまい、かれに、じぶんには八歳の子どもがいて、アルギンと結婚する前に、未婚で産んだのだと秘密を打ち明ける。その話にまったく興味がないハイニィは、ほとんどまともに聞いていなかった。実のないクルミやそのほかじぶんが語ったことを、かれはとうに忘れてしまっていて、今度は、良識あるけなげな女性は、いまみたいなおそろしい時代には子どもを産むことを拒むだろうと言う。

いまではリスカはけなげで良識ある女性になり、子どもをふたたび手放したくなっている。だからわたしはハイニィに、リスカには子どもはいない、ただそう言ってみただけだ、その子はある友人の子どもで、彼女の過ちをリスカが引き受けたのだ、と言うことになっている。

余計なお世話だとはわかっているけれど、すぐにでもハイニィに話したい。ハイニィ以外のみんながリスカの難儀で人騒がせな変身に興味津々なのだ。ハイニィをのぞいては。かれは彼女の変化にまったく気づいていない。

そしてハイニィのほかにもうひとりこうした変化に気づかない男がいる、アルギンだ。かれがリスカと出会ったとき、男性が思い描く、何年も一緒に暮らし、熱情の冷めぬままベッドをともにする女性を彼女に見出したのだけれど、その後かれは彼女を知ることをやめてしまった。それは、すばらしい詩を読んだとき、感動して暗唱できるように、その詩を暗記するようなものだ。詩を暗記すると、しだいに詩をまた忘れてしまう。たいていの場合、そうなるのだ。

アルギンが嫉妬しなかったのは、ほかの男がリスカに惚れるなど、考えたこともなかったからだ。かれはもう彼女に恋をしていなかった。結婚生活はまだ機能していたが、ただ結婚の多くが何年かすればそうなり、そのまま過ぎ去っていくように、すこしばかり単調になってきた。ベティさえかれらの結婚を救おうなどと思わなければ、リスカとアルギンの関係もおそらくすべてうまくいったことだろう。

かつてアルギンは、リスカにハーレムの女性のようなところがあるのが気に入っていた。かれは必要もないのに仕事をする女性を憎んでいた。ほとんどすべての女性たちは、認めないだろうが、ハーレムの女性の本性を備えている。彼女たちは、みずからの本性に反して、知的に生き、そして労働に従事するから、いらいらした不快な性格になる。ふつうに、もって生まれた素質にふさわしく生きようとして、彼女たちは病気に逃げ込むというのだ。

リスカはできることなら、お湯の入ったバスタブとベッドを行ったり来たりしながら、一生を過ごしたい。彼女は立っているのも、座っているのもおっくうで、横になっているのがいちばん好きだ。それゆえ彼女はときどき、じぶんにも他人にも仮病をつかって、何日も思い通りに過ごす。

リスカは朝に大きくてやわらかなベッドで目覚める。起きたくない、まだ眠ったり、夢を見たりしていたい。彼女が見たいのは、カラフルでぼんやりとした夢だけだ。半分目覚めていて、半分眠っている朝だけ、人は夢を支配できる。

何をするのもめんどうで、ちっとも楽しくなくても、リスカは起床しなければならないだろう。彼女は歩くのが好きではない、家でも、外でも。靴下はすべて破れている。掃除婦のヴィンターさんが繕うのを忘れたのだ。でもリスカはヴィンターさんを叱りたくない。彼女はお茶の時間にアルギンと過ごす気もなければ、新聞を読む気もない。新聞は灰色で、手が汚れるし、石油のにおいが気持ちわるい。ずっとベッドにいたい。だから彼女は病気になる。彼女の声は弱々しく、身体のそこらじゅうが痛いという。

誰かにベッドまでコーヒーを運んでもらう、誰かがあらゆる心配事から彼女を遠ざけてくれる、タバコは誰かが買ってきてくれる、ナイトテーブルにマニキュアセットとラベンダー水が置かれている。誰かが彼女のために手鏡を用意する、するとリスカは顔にしわを見つけ、悲しくなり、元気をなくし、ふたたび眠る。

彼女が目覚めると、ベティがやってきてビロードの青いソファーに座り、男性や愛について話すことになっている、とはいえ結果はいつも同じなのだけれども。その合間にベティはリスカにマニキュア用のお湯を運ばなくてはならない。ゆっくりと、だらだらと、何時間もこんなぐあいに過ごす。

昼にはわたしがリスカに、たとえば冷肉とブドウや赤ワインを運び、それから彼女のところに腰を下ろし、男性や愛について話すことになっている。

食後、リスカは一時間もかけて入浴することになっている。わたしはバスソルトと入浴剤を準備し、ベティはバスタオルと最高にすてきな絹のナイトウェアを用意しなければならない。ふたりとも便座や洗面台など浴室のどこかに座り、リスカと男性について話す。その間に、ヴィンターさんがリスカの部屋を片付ける。

リスカはふたたびベッドに横になる。ヴィンターさんは青いカーテンをぜんぶ引かなければならない。かすかな青いインクのような光が部屋を満たす。その部屋はまるくどこにも角がないように見える。ベッドも、家具もぜんぶまるく見える。部屋のにおいはまるくやわらかい。声も物音もすべてまるい。通りの車のクラクションがやわらかい毛のボールみたいに部屋に転がってくる。

リスカはヴィンターさんとも男性や愛について話す。ヴィンターさんはいろんなことを知っている。彼女はいろいろな家に通い、女性たちと夫とのあいだにどんなことがあったかを聞いてくるのだ。というのもほとんどすべての女性たちが彼女に打ち明けるから。彼女は耳が遠かったが、いつも、何が問題になっているかを知るにはじゅうぶんだった。彼女は小さくてすばしこく、赤毛で、幅広の血の気のない唇をしている。彼女のまなざしと歩みはすばやい。以前、伯爵夫人のところでも働いていて、男性についてや、女性の体型の美しさとその引き立て方についても心得ている。ヴィンターさんはリスカが大好きで、リスカのために駆け回り、リスカのためならなんでもする。

午後にはリスカの部屋にコーヒーをたくさん、そしてコニャックとケーキを用意する。ヴィンターさんは部屋にとどまり、ベティとわたしもその場にいなければならず、ゲルティは電話で呼び出される。リスカの部屋には女の人がいっぱいになり、みんなで男性や愛について話すことになる。部屋のまるい青いインクのような光のなかで、女たちはみな徐々に、強烈な明い光のもとではけっして口にできないようなことを語りはじめる。

最初のうち、こうしたお喋りのときにはいつも恥ずかしく思ったものだけれど、いまではすっかり慣れた。いずれにせよじっさいこうした会話はおもしろいし、ためになる。

リスカはどんどんしあわせになる。病気のときほど、彼女が健康なときはない。これほど美しく陽気なときはないのだ。まさに白いクッションの玉座に座った女王といったところ。彼女は笑い、すべての人間を愛する。ヴィンターさんにタンスからスカーフと絹のシャツをもってこさせ、リスカはそこにいる全員にプレゼントする。彼女は、それぞれに、まさにそれぞれがほしかったものをあげる。

そしてさらに、すべてがリスカの思い通りにことが運ぶとしたら、晩には夫が来て、たずねることになるだろう。「ねえきみ、何がほしいの、きみのためにぼくは何ができるかな？」そしてほかの女性たちに対してかれは「ぼくのリスカは、病気だというのに、美しくて魅力的だと思わないかい？」と聞く。かれは彼女にキスをし、ベッドに座る。するとリスカは、みんなの目の前で、ひとりの男性が彼女をすばらしいと称え、愛してくれることをよろこぶ。彼女は小声でやさしく話し、アルギンの肩に手を置き、かれの背広の黒っぽい生地の上で彼女の手がかわいらしく白く見えるのをうれしく思う。

そうしたら女たちはみな退出しなければならない。アルギンはますます彼女に首ったけだ。リスカにかれの新しい小説を朗読し、彼女の意見を聞きたがる。かれにとっては、ほかの誰の意見よりも重要なのだ。リスカはほんとうに賢い、男たちはみな、ハイニィですらそう言う。ただ彼女はたくさん考えるのが嫌いなのだ。それゆえアルギンはすぐ朗読をやめ、ただリスカを愛し、彼女を崇め奉る。

リスカの愛する人生とはこういうものだ。こうした人生を送れるなら彼女はしあわせで魅力的で、夫に忠実でいるだろう。

しかし今日日、どうしたらひとりの女がこんなふうに生きられるというのか？　彼女は新聞を読み、政治についてよく考えなくてはならない。選挙に行き、ラジオで演説を聴かねばならない。働いてお金を稼げるように、何かを身につける必要がある。

リスカは工芸を学んだので、ぬいぐるみを作ることができる。リスカの作るぬいぐるみはすてきでちょっとへんだ。民族衣装の生地を使った太っちょの雌牛、花模様のゾウ、ぎょろ目でやぶにらみのスコットランドの猫。「酔っ払いの化け物」とハイニィは言い、リスカが新しいぬいぐるみを見せにくるといつもよろこぶ。いまではリスカはじっさいのところ、これらすべてのぬいぐるみをハイニィのために作っている。たとえ彼女自身が、金を稼ぎ、有益な生活を送るために制作しているのだと信じ込んでいるとしても。
リスカは長いこと、ひどい苦痛としか言いようのない生活を送っている。アルギンは政治の話しかしない。彼女を称賛しキスをすることにも関心がなくなった。ナチの連中はアルギンの本を焼いた。アルギンは、リスカがばかにするような物語を書かねばならなかった。アルギンはもはやすばらしい詩人などではなかった。アルギン自身もよく、いま金のために書いているものはばかげていて虫唾が走る、と言っていた。しかしながらリスカがそれを嫌悪すると激怒した。そのうちかれももう、じぶんの書いているものを愚かだとは思わなくなり、近ごろでは、詩人として自然や自然と結びついた郷土愛について発言し、ベティに絶賛されている。

＊

〈伯爵がかれの乙女のもとで眠っていました……〉

ハイニィは飲んでいる。みんな眠かったが、かれの頭は最高に冴えていた。かれの口からさまざまな言葉が次々と転がり出て叩き出され、その言葉は帯となりテーブルの上でうねっている。「ブレスラウアー、もう一度言おう。病こそがきみの人生を成すものであり、きみの故郷だ。そして生きているかぎり、きみは世界中で病と出会い、病気がなくなることはないだろう。癌性潰瘍よりもタウヌスの野山のほうがおもしろいなどと、わたしには語らないでくれ。どうかお願いだから、人間愛から医者になったなどと言わないでくれ。大半の医者にとって大切なのは人を救うことではない、疾病が重要なのだ。それで結構じゃないか。だからこそ、じっさいきみは人を救えるんだ。同情して手を震わせる外科医がなんの役に立つだろうか？　感情豊かな医師は、やぶ医者だ。ただありがたいことに、きみはビールを飲んでいるときだけ、ヘドが出るほど感傷的になる。きみの同僚もまさしくそうだった、あの外科医、かれはなんて名前だ？　ああそうか、クニッツァーか。かれはいったいいまどこにいるのかい？　イギリスかい？　イギリスにとっては結構なこった。有能な男だから。仕事においては、新型の冷蔵庫みたいに、冷静で冷淡だ。まだ覚えているかい、きみがわたしを病院に連れていき、クニッツァーが盲腸手術を見せてくれたことを？　かれは三、四分で盲腸を取り、盲腸手術オリンピックを開催するつもりで、盲腸切除の世界記録をうち立てようとしていた。

白い鳩のように看護婦が手術室を動き回っていたな。すべてのものが白く、冷たく輝き、目がくらむようだった。あわれなやつが手術台に横たわっていた。失業中の年配の簿記係だったかな。身体はやせ、皮膚はもう死んでいるようだった。腹は悲しみにやつれ、しわだらけの指のついた足は心配そうに突き出ていた。顔には安堵の表情が浮かび、死んでいたとしても、麻酔の効いたそのときの状態と変わらないだろう。苦労のためにできたしわでいっぱいの顔は真剣で澄んでいた。この物言わぬ動きのないしわの膜は慰めのヴェールのようだった。そしてわたしには、安らぎを得ている人を救うことは、ある種残酷な違反行為のように思えたんだ。つまりそれは苦悩に満ちた不安な人生に送り返すためにかれを救うことだ。かれはもう死んだも同然だ。生き返らせるのがこわくて、わたしなら手が震えたろう。

でも、外の清潔な赤いタイル張りの廊下には、やせっぽちで灰色のトガリネズミ女が、不安そうな目をして座っているのが見えたんだ。小声でブツブツと彼女は、一瞬のうちにこれまでの人生で彼女が怠ってきた祈りを取り戻すかのようにものすごい早口で祈っていた。しずかに猛スピードで祈りの言葉が彼女の口から飛び出した。『すべてうまくいっていますよ』とクニッツァーの助手の、根っから明るい、ビール色のブロンドの髪色をした太った男が言っていた。詰め物をしたようなピンクの手で、絶え間なくつづく単調な祈りをさえぎり、その手をトガリネズミのあわれな小さな肩に置いた。トガリネズミの前に神さまみずからが姿をあらわしたものの、彼女にはただひざまずくだけの力が欠けていたかのようだった。やたらめったら祈り散らした彼女の唇のまわりに笑みが浮かんだ。神さまはさらに先に進んだ。そして同行する天使の群れのなかに、われわれ、すなわちブレスラウアーとそのほか外科手術の記録に関する数名の専門家たちがいた。

わたしたちの背後でふたたびその女性が祈りはじめた。ひょっとすると彼女は神よりも祈りを信じていたのかもしれない。わたしが医者だったら、彼女の祈りを叶えることができないかもしれないと、心配で手が震えていたことだろう。

クニッツァーの手は震えなかった。彼女の祈りは聞き入れられた。安らぎに満ちていた人は新たな不安へと救い出された。クニッツァーは不機嫌に赤い石の廊下を急ぎ足で歩いていった。手術は三分オーバーし、記録更新とはならなかったんだ」。

VI

アルギンがやってきた。顔は青ざめ、陰鬱そうに座っている。その目はくぼみ、テーブルの上に置かれた手は青白い。また帝国著述院[55]から手紙を受け取ったのだ。作家たちの新たな掃討作戦がはじまり、そうなれば、おそらくアルギンもはじき出されることになるだろう、と言う。これから長めの詩を書いて総統を称えるなら、ひょっとしたら助かるかもしれないが、かれはこれまでずっとそれに抵抗してきた。しかし詩を書いたら書いたで、それもまた危険になりかねない。もし書いたらナチの作家たちが、昔からのナチの闘士でもないのに、アルギンが総統への詩を書いたと腹を立てるからだ。かれにはナチの小説を書くことも許されない、ふさわしくない、というわけだ。けれどかれがナチの小説を書かなければ、望ましからぬ人物ということになる。かれはじぶんの書いたものを読んでもらいたい、出版してほしい、が、そうはいかない。

「死んでしまいたい」とアルギンは言う。「アルギン、十マルクくれないか」とハイニィ。「ありがとう、アルギン。きみにいつまで金があるともわからないからね。自殺はいい考えだ、実行したらいい。かつてきみには才能もあったし、成功もした。いまではきみの人生はあわれで、汚らわしいものに成り果てた。妻のため、くだらない住居のため、家具のため、ばかげた妥協をし、おろかだと思っている連中とつきあった。きみの感性、きみの良心に逆らって執筆した。

あわれな文士だね、きみは。

今度は歴史小説を書こうというのかい？[56] いまどき歴史小説を書こうなんていうのは意気地無しだ。作家というものは、ペンを執ったら、みずから記す文章も神も世界もおそれてはならない。臆病者は作家とはいえない。

だがそれはそれとして、そもそもきみは用なしだ。独裁国家になったことでドイツはいまや完璧な国になった。完璧な国には作家はいらない。楽園には文学はない。欠けているところがなければ、小説家も詩人も存在しない。生粋の抒情詩人には完全への憧憬が必要だ。完璧なところでは、文学はおしまいだ。批判ができないのなら、きみは黙るしかない。楽園で神について何を書くつもりかい？ 天使の翼について書こうというのか？ それが短すぎるとか長すぎるとか？ 長くも短くもないだろう。完璧なるものは、あらゆる言葉を無用にする。書いたり話したりするのは、たがいにわかりあうためだ。人びとのあいだの完全な一致とは沈黙である。すべての言葉が戦争なのだ、闘いであれ、平和であれ。この世に言葉があるかぎり、戦争はなくならないだろう。そしてもはや戦争がなくなれば、言葉も永遠の平和に屈することとなる。自殺するがいい、アルギンよ、きみは楽園に暮らしている。批判することがなくなれば、作家は食べていけない。死ぬがいい、アルギンよ、さもなくばハープでも習い、天空の音楽でも奏でるがいい」。

「ああそうするつもりさ」とアルギンは言う。「死ぬつもりだ。だがそのまえにほかの連中を殺す必要がある。じぶんより価値の劣っているやつを殺さなければならない。そいつを見つけ出さなければならない、探さなければならない」。アルギンも、もうすっかり酔っぱらっていて、なんのことを話しているのかわたしにはわからない。ベティがかれを慰めるだろう。帰宅したらかれは、ひょっとすると彼女を殺すかもしれない。

　気立てのよい、太ったマンダーシャイトさんは心配そうだ。「いったい誰のことを言ってるんだ？」かれはたずねる。クジャクチョウみたいに派手な女の子が、千鳥足でわたしたちのテーブルをひらひらと通りすぎ、ハイニィに手を振り、ハイニィも手を振りかえした。「このレディと知り合いになりたいかね、マンダーシャイト？　彼女はちゃんとした女の子で、アーリア人と証明されているし、帝国娼家院[57]の会員で、わたしと同じ下宿に住んでいる」。

〈伯爵がかれの乙女のもとで眠っていました〉

「わたしが連れ込み宿に住んでいるのは知ってるだろう、マンダーシャイト？　フランクフルトのなかでももっとも陰鬱なあの連れ込み宿に。駅の向こうの湿っぽくてかびくさい、灰色の通りの。ブレスラウアーは一度、半時間わたしのところにいただけで、そのあと二週間ふさぎ込んでしまったよ。暗くて、せまくて、じめじめした階段。それを上るたびにおとぎ話を思い出す、泥棒や魔女の夢を。ぞっとする部屋。色あせた、ごちゃごちゃした花模様の壁紙だけでも、もう気分を沈ませる。部屋の机があるべきところに古い浴槽が置かれていて、その表面の灰色がかった白のほうろうは剝がれてる。浴槽の上を、金色のところどころ剝げた幅広の板が覆っている。わたしのベッドはかさ上げした墓だ、金属製の幅のせまい寝台、足元と枕元は刑務所の格子みたいで、シーツは灰色で冷たい。わたしのベッドの上には総統の写真が掛かっている。この下宿のすべての部屋が同じつくりだ。もしかするときみも、そこにいけば道楽におぼれようという気になるかもしれない。

　宿の所有者はフォン・フライゼン男爵夫人。したたかな女だ。彼女の目つきのぞっとすることときたら、最強の男の血管を流れる血まで凝固させるほどだ。家に帰って、彼女と出くわすことを考えると、あびるほどの酒を飲まずにはいられない。ずいぶん前のことだが、ついうっかり彼女と寝てしまった、彼女はわたしがしたことを忘れることはない。だからわたしはいまでも彼女のところに住めるし、支払いについても信用されている。この女は感謝を忘れない質《たち》だ。総統の肖像写真以外はどうにか耐えられる程度の保守的な雰囲気で、平静が保たれている。フランクフルター・ホーフでもわたしは以前から信用されているが、もしもわたしがあそこに住むことになったら、妬まれるかもしれないし、きみや、あるいは別の誰かが、政府を笑いものにしたといってわたしを密告することだろう。われわれは現在、密告大運動時代に生きている。みながそれぞれを見張り、みながそれぞれに対して力をもっている。みながそれぞれを投獄できる。この権力を行使する誘惑に勝てる人はほんのわずかしかいない。ドイツ民族のもっとも高貴な本能が呼び起こされ、念入りに育成される。

　熱くなるな、マンダーシャイト、きみを侮辱するつもりはない。きみは今日はまだしないでいたことを、明日には実行するだろう。きみには家族がいる。家族もちの男は臆病で、いまでは気骨をなくしている。多くの連中にとって家族もまた、無気力と追従のための好都合な道徳的口実にすぎない。マンダーシャイト、きみはさっきわたしに二十マルクくれたね、だからビールを一杯おごらせてくれ。飲み干すがいい！」

酒場は空いてきたが、騒がしいままだ。わたしたちの隣に立っている、ビール腹の太った陽気な主人は「みなさん、おやすみなさい、それではまた、ごきげんよう、ハイル・ヒトラー」と言って、店をあとにする客を見送る。そしてハイニィにはこうたずねる、「そう、じぶんの目の前の人物が何者で、どうしたらそいつに気に入られるかなんて、いったいどうしたらわかるのかね、？」。

「本日発売の『デア・シュテュルマー』『ブレネッセル』[58]『I・B』[59]はいかがかね！」ようやく帰れるかも、とわたしが期待をいだいたところに、シュテュルマー男がやってきて、ハイニィが例の如くその男に世界観を開陳させる。シュテュルマー男はだいたい四十歳くらいで、髪はブロンド、顔色はわるく、疲れ切っているようだが、熱意と親切心で顔を輝かせている。かれはユダヤの秘密すべての究明にいそしみ、いつも何かしら新たな発見をしていた。

ブレスラウアーはハイニィにシュテュルマー男を呼んでほしくないようで、不安のあまりそわそわし、その目は視点が定まっていない。「やめておけ、ブレスラウアー」とハイニィが言う。「おそれるな、その男の本能はとてつもない発達を遂げ、そいつの血は大声ではっきりと語りかける。きみがユダヤ人だということは一目瞭然だが、ただこのシュテュルマー男だけはそのことに気づかない」。

タバコの煙がもうもうとして、ほとんど息が詰まりそうだ。店の裏側では酒場の主人が灯りを消し、いらいらしたウエイターが無愛想に灰皿を空にし、乱暴にふたたびテーブルに置く。

トーニはかれのギターを黒い蠟引《ろうびき》布でゆっくりと包み、最後のしずくを口に流しこむ。

シュテュルマー男は、ユダヤ人とフリーメーソンについて新たな発見をした、すなわち五ペニヒ硬貨と十ペニヒ硬貨はユダヤ人とものすごく関連性があり、それによりフリーメーソンとも関係している、と言う。硬貨の裏側の穀物の穂の茎はつまりはダビデの星なんだとか。わたしにはシュテュルマー男の説明がちっとも理解できない。かれは、じつはとある世にもおそろしい秘密の手がかりをつかんでいると言う。「そいつはすごい」、ハイニィはつづける、「わたしならけっして思いつかなかっただろう、あんたは聡明な、じつに聡明な人だ」。シュテュルマー男はうれしくなって、まるで燃える家からわたしたちの一人ひとりを命がけで運び出す心づもりでいるかのように、ハイニィやわたしたちみんなを、感謝と愛をこめて見つめる。「みなさん、おれは無教養の平凡な男にすぎません。おれは『デア・シュテュルマー』によって教養を身につけ、『デア・シュテュルマー』がなければ何も知らなかったし、ユダヤ人問題のことなど気づかなかったでしょう。でもおれは生まれつき探究心の強い星回りなんです。どうか、おれが獅子座生まれだと言っても、厚かましいと思わないでください」。シュテュルマー男は黙る。「こいつは驚いた」とハイニィ。「それじゃああんたはそこにいる紳士と同じ月の生まれだ」。かれはブレスラウアーを指す。「わかってましたとも」とシュテュルマー男は言い、興奮して大股でブレスラウアーに近づく。「おれはすぐさま感じ、気づきました。どうか握手してください」。ブレスラウアーは手を差し出し、困惑気味だったが、シュテュルマー男は感激している様子である。「つよい探究心をおもちだと感じてたんですよ、おれの言ってることはわかりますよね。広い世界で獅子座の人間がふたり出会ったら、それは兄弟のようなものです。獅子座の仲間としてだんなには、まだ誰にも話していないことを打ち明けましょう。みなさん、すこしだけご一緒してもよろしいですか？」

シュテュルマー男はブレスラウアーの隣に座り、かれにビールを一杯おごる。「断わりっこなしですよ」。

ブレスラウアーとシュテュルマー男は乾杯し、獅子座生まれの幸運を祈って飲む。

マンダーシャイトは、誰にも気づかれぬまま、立ち去る。

酒場の主人はさらに灯りを消していく。

アルギンは疲れた青白い顔をして、揺りかごみたいに頬杖をついている。かれの黒っぽい目はじっと物思いにふけり、外に向くことはない。

シュテュルマー男は重いカバンからそっと慎重に細長い白い薄紙の包みを取り出す。そして注意しながら包みから小さな赤いゴムひもを外す。かれはおごそかに薄紙を剥がし、わたしは知りたくてうずうずしている。

葉のついていない小枝、ジャスミンの茂みから、あるいはライラックの木からとってきたのかもしれない。シュテュルマー男はそれを、母親が赤子にそうするみたいに注意深く愛情をこめて抱えている。そしてかれは、まるで親友の誠実な手に一生の宝物を置くかのようにやさしく厳粛に細心の注意を払ってその枝をブレスラウアーに渡す。

「ありがとう」、ブレスラウアーは小声で言い、心をこめて枝を受け取ったものの、それをどうしていいのかわからない。

「ようするにですね」、長い沈黙のあと、シュテュルマー男はこう告げる、「ようするにですね、これがおれの探究の成果です。獅子座のだんなだけにきちんとご理解いただけると思います。占い棒で水脈を見つけ出す人はいるんですから。占い棒をもった水脈師はご存知ですか？かれらは水脈を見つけようと、二叉になった枝をもって地面の上を歩く。隠れた水源をもとめて。水脈師は選ばれしものであり、星に定められているんです。手のなかの占い棒が、地下深くに隠された泉があると、地面を叩くんです。それで泉が掘り起こされて、とてもたくさんの金を稼げます。おれはようやく、ユダヤ人を認識するためにこの占い棒を探し出したのです。われわれはユダヤ人にいつも気づくわけではない。『デア・シュテュルマー』は、やつらは悪魔の子どもだと記しています。悪魔は変幻自在です。でもおれはこの占い棒で正体を見破ってやる。ユダヤ人っぽくみえないのもいますし、キリスト教徒っぽくないキリスト教徒もいる。おれはやつらの化けの皮を残らず剝がしてやる。おれは手にこの棒をもって路面電車に乗り、通りを歩く。この棒で誰かの背中に触れ、おれの占い棒が振れたら、そいつはユダヤ人だ」。

ブレスラウアーの手のなかの枝は、ほんとうにぴくぴく動きはじめる。「だんなはおれの友だちだ」とシュテュルマー男はブレスラウアーに言う。「獅子座のだんなだけがおれの言うことをわかってくれる。まだ誰にもこの発明について話していないんだ、まずは試さなくちゃならんからね。先週、おれはこの枝で路面電車の車掌の正体を見破った。やつがおれの隣の座席の女、その女のことはおれは一目で気に入ったんだが、彼女の切符にはさみを入れたときにおれの占い棒がそいつの背中を叩いたんだ」。

「でもいったい」――わたしは質問せずにはいられない――「でもいったい、もし獅子座の人間がユダヤ人だったらどうなるの？」

「あんたはまだ若い」とシュテュルマー男は言い、しばらくの間、真剣な顔をしてわたしをじっと見る。「あんたにはこうしたことはまだわかんないだろうよ。黄道十二星座はユダヤ人には通用しないんだ」。

なんだか泣きたくなってきた、わたしには何もわからないから、それに年を取ったところで、何かをわかるようになるとは思えないから。ただわたしがフランツを愛していたときだけ、わたしには世界が理解できたし、しあわせだった。愛する人は祈る。すべては明らかだった。やさしい人でありたかった。もしやさしくあろうとするなら、すべてをちゃんとできるようになるのだと思う。もしわたしが、ほかの人がわたしにやさしくしてくれることだけを望むなら、すべてを台無しにしてしまうだろう。わたしは愛されたい、みんな愛されたいと思っている、愛されたいおおぜいの人たちのことを愛するのはひょっとするとただひとりしかいないのかも。神さま……心が悲しみのかたまりになったみたいだ。

「店じまいだ」と酒場の主人が叫び、のどから笑い声をがなりたてる。かれはバイエルン人で、酔っていると喧嘩っ早い。けれどここでは誰も喧嘩の相手にならない。

アルギンは哀れな顔を頬杖からあげる。手が頭から離れる。一瞬、かれの頭はあたかも、これまで支えてくれた、ふたりの忠実なる友に見捨てられたかのように疲れ、途方に暮れ、絶望してゆらゆらと揺れる。

ブレスラウアーは立っている。かれはシュテュルマー男に払わせたくないし、シュテュルマー男はかれに払わせたくないのだ。

ウエイターは計算を間違え、正しかったかと思うと、また間違える。かれは家に帰りたい。その顔は白く、しわだらけで、やつれきって見える。気前のよいチップすら、今日のかれを元気にすることも、よろこばせることもできない。ものすごく疲れていて、眠りたい一心だ、お金などどうでもいい。

＊

わたしたちは流された質草みたいにみじめに、酒場の前の通りに立っている。誰もじぶんがどうしたいのかわからなかったし、誰もほかの人とどうしたらいいのかわからなかった。べとつく疲労がわたしたちをくっつけ、たがいを引き離すのにはたいへんな苦労がいる。みんな酔っぱらっている、そしてかれらが切望するのはこのままでいること。

ただひとりハイニィだけが相変わらず冴えていて、不機嫌だ。

外は新鮮なものが腐っていく臭気、掘り返した墓のにおいがする。もうすぐ春だ。死んだもののはすべてよみがえる。何のために？　ふたたび死ぬために？　青白い光が降りてくる。

「さあ、行きたまえ」、ハイニィは『デア・シュテュルマー』の販売員に言う。シュテュルマー男はブレスラウアーと離れがたいようで、子どもがサクランボの時期に桜の木を揺らすように、ブレスラウアーとはげしく熱情的に握手する。

＊

「かれのことをからかうのは気の毒だよ」とブレスラウアーは言い、シュテュルマー男を見送る。かれは重い荷物を持って元気よく暗い脇道を曲がる。

「わかってるさ、ブレスラウアーよ」とハイニィ。「きみが救いようもないことは先刻承知だ。どんな人間にもきみは心打たれる。シュテュルマー男にほろりとし、じぶんにもわたしにもほろり、わたしの下宿先の売春宿のばあさんにもほろり、将来のナチ詩人アルギン・モーダーにもぐっとくる。これら感動的な人間たちがみんなしてたがいに殺し合おうとしているとは、じつに残念だね」。

「ぼくは死んでしまいたい」、アルギンが叫び、大げさな足音を立てて、そこから立ち去る。「アルギン、わたしも連れていって」。かれにわたしの言葉は届かない。

「さあ来るんだ」、ハイニィは言う。「さあ来るんだ、ブレスラウアー、きみはばかだ、おろかさを善良さとはき違えるんじゃない」。

＊

みんなわたしのことを忘れてしまった。わたしは暗いすみに立っていて、すべてを聞いていた。みんなわたしがまだそこにいたことに気づかなかった。わたしは忘れられた。みんないなくなり、わたしはひとりで家に帰る。家までの道は遠くないが、こうなったのは自業自得だ。

Ⅶ

〈きみのおかげで毎日がすばらしい、マリー・ルイーゼ……〉

ディーター・アーロンはグラモフォンのぜんまいを巻き、ゲルティはかれの隣に立っている。彼女のドレスはヤグルマギクのように青いビロード製、背中は肌もあらわで白く輝き、青い紙テープがカールした髪に美しくチャーミングにぶら下がっている。

すべての照明から垂れ下がった色とりどりの紙テープが、テーブルの上や、椅子の背もたれの上を曲がりくねって広がっていく。リスカの祝宴、リスカのカーニヴァル！　もっともカーニヴァルはとうに終わっていて、間もなくイースター、いまは四旬節なのだけれど。

言葉が行き交い、動きまわり、笑い声にあふれ、みな陽気でいきいきとしている。にもかかわらず、悲しい灰の水曜日[60]の朝の気配がする。とはいえ朝まではまだすこし間がある。まだ真夜中にもなっていない。ようやく夜の九時になったところ、ちょうど近くの教会から鐘の音が聞こえてくる。

〈きみのおかげで毎日がすばらしい……〉。ゲルティは美しい。黒い肌のイギリス人の向けるまなざしに彼女のほとんど裸の背中は火傷《やけど》せんばかり。彼女はそれを感じている。女はみな、賛美には敏感だ。けれど好きな人が気づいてくれなければ意味はない。一方、男たちはほんとうにまぬけで、誰かに言われないと気づかない。ゲルティはディーターの注意をじぶんに向ける。かれはその手を彼女の肩に置き、ゲルティは、かれが危険を冒してくれたことに、しあわせを感じる。どうかあのイギリス人以外は誰も気づきませんように。

「ここはすてきな人ばかりですね」とイギリス人は言う。「みなしあわせそうだ」。リスカが今日の午後、かれのために特別にウィスキーを注文したというのに、かれはものすごい量のモーゼルワインを飲んでいる。

今朝、わたしが準備に追われているときに、イギリス人たちがやってきた。三人も。ふたりは若くて、ひとりは年配だった。ふたりの若者はやせて肌が黒く、年配の男性の頭はきれいなバラ色にはげ上がり、それをはけみたいな白髪が囲んでいた。三人ともイギリスのジャーナリストで、数年前に知りあったアルギンと話したがっていた。かれらはすっかり変わったドイツ国民を研究するために、ドイツを調査旅行していて、この新ドイツ国民のことがとても気に入っていた。

アルギンは留守だった。おそらく新しい歴史小説を準備するために、図書館に行ったのだろう。リスカはイギリス人たちを今晩のパーティーに招待し、そしてかれらはいまここにいる。アルギンはいまだ戻っていない。今日の朝から帰宅していない。一日中出かけていることはしょっちゅうだった。出先で食事をし、何かを執筆していたのだろう。それにしても、今日はパーティーだということを知っているはずなのに。

アルギンのことを考えると、わたしはあまりいい気がせず、不安になる。どうしてハイニィは昨日、かれに死ねばいいなんて言う必要があったのか。そんなこと言うべきではないのに。

そんなこと……。ひょっとしたらアルギンはもう完全に頭が変になってしまったのかもしれない。

　ベティもアルギンのことを心配している。台所で彼女は鎮静効果のあるお茶を淹れようとお湯を沸かす。彼女はアマガエル色のタフタ地の、小娘のようなイヴニングドレスをまとい、襟ぐりには、オペラに出てくる古式ゆかしい女性たちの装飾品を思い起こさせる、鎧の胸当てに似た金属製のブローチをつけている。

「アルギンが行きそうなところを知ってる？」とベティが聞く。彼女の声は震え、鍋に身体にいいハーブをいろいろ入れている。コンロでお湯は煮えたぎっている。ベティは菜食主義者で高潔である、なぜなら彼女は純粋なものと精神的なものしかほしがらないから。けれどわたしはこの菜食主義者の女ほど、しじゅうじぶんの身体ばかりを気にかける人に出会ったことがない。わたしは大酒飲みも大食漢も知っているが、かれらのほうがベティよりはるかにたくさんの時間、精神的なことを考えている。「いまはリンゴが身体にいいと思う」と彼女は言い、それからリンゴをおろしてムースにして食べる。そして、生気を高めるために、じぶん用にハーブを煮出してスープを作る。プラムを三つ食べたら、その後でレモンを四分の一食べなくてはならない。春には春の食餌療法を行い、夜にラディッシュを五つ食べなくてはならない。生野菜を食べなければならないときもあれば、火を通した野菜のときもある。日曜日には小麦のフレークとミルクかジュースを混ぜ合わせたおが屑みたいなものを食べる。彼女の食べものに肉の焼いたにおいがついて、血が汚されたと感じたときには、純正のブドウの未発酵《モスト》の果汁と、野菜の搾り汁をスプーンで飲まなければならない。まるで粗野で無理解な周囲の人びとのために彼女が涙ぐましい犠牲を払うかのように、いつもいつも彼女は何か別のものを用意し、ものすごく真剣で、悲しげに咎めるような顔つきでそれを食す。

　わたしにはベティ・ラフは高潔とは思えない。いまではアルギンも彼女の善良な純粋さを信じているけれど。感心するのなら、かれも同じようにしたらいいのに。もしかすると彼女もまた、ただそうしているだけなのかもしれない、でもアルギンは彼女のことを信じこんでいる。かれはじぶんを信じられず、神からも、世間からも見捨てられているから。

　アルギンはどこ？「かれを見つけ出さなきゃ、かれを見つけ出してちょうだい」とベティは言い、コンロ脇の汚い台所用腰かけに沈み込む。台所じゅうパーティーの準備で散らかっている。台所がこれほどめちゃくちゃなのは、家でパーティーがあるときだけだ。台所はいま、グラスと洗っていない食器であふれている。ふきんはあちらこちらに散らばり、汚れた白っぽいぼろ布と化している。ソーセージの皮が調理台の上で、チーズの外皮と空の、あるいは半分空いた缶詰の間で丸まっている。ごみバケツはいまにもはち切れそう、そこから茶色の、青の、白のしわくちゃの紙があふれて出ている。空のも、空いてないのもいっしょくたに隅に置かれたワインボトル、それにしてもたくさんの黒っぽいワインボトル、ボトルがとつぜん行進をはじめたとしても、わたしは驚かないだろう。黒光りする直立不動のワインボトルの前には、いい具合に茶色に焼けた小型パン《ブレートヒエン》がぽつんとひとつ。わたしはそれを大事に取っておきたい。

　ベティは泣いている。これまで彼女が泣くのを見たことはなかった。どうしたらいい？　その人が涙を流すのを見たことがなければ、まさか泣くなんて思いも寄らないものだ。それを目の当たりにして恥ずかしい、わたしはどうしたらいい？

照明が天井からちらちらと揺らめく。ベティが震える手で支えている、緑茶色をしたハーブティーのカップのなかで。そろそろほんとにお茶を飲んだほうがいい。すこしは効果があるかもしれないから。

ベティのやせた首につけた厚い盾のようなブローチが、絶望した息づかいで揺れている。上へいったり下へいったり。アマガエル色のタフタのドレスには脂のしみが広がり、膝の上は丸く黒ずんでいる。彼女は肉から出た脂をひどく忌み嫌っているというのに。

「ほら、ベティ、わたしがお湯でしみを取ってあげる。泣かないで、お茶をこぼすから。カップをこっちに寄越して、コンロの上に置いておくね」。はじめてわたしはベティに親しさをこめて「あなた《ドゥ》」で話しかける、泣いている人に丁寧語の「あなた《ズィー》」で話しかけるのは変な気がする。

これからいくつかのブレートヒェンを用意して、シャンパンを氷で冷やし、モカ用のコーヒーカップを洗い、ベアヴァルトさんとアーロン夫人の相手をしなくちゃならない。彼女たちがディーターとゲルティのことを気に留めないように。十時にゲルティはクルト・ピールマンとヘニンガー・ブロイで待ち合わせしていた。ユダヤ人と混血児《あいのこ》だらけのパーティーに参加していることは、かれに知られてはならない。当然のことながらゲルティはピールマンのところへは行きたくない。ずっとディーターのところにいたいのだ。だからわたしは十時すぎにヘニンガー・ブロイにいるピールマンに電話をして、ゲルティは病気でわたしのところにいるので、今日はどうしても行くことができない、昨日の夜、一緒に飲んだ酒に胃がやられて、ずっと吐いている、と伝言することになっている。

　ベティはぽろぽろと涙を流しつづける。窓のすき間から湿った冷気が忍び寄り、糸のように細く長い脚をした一匹の蜘蛛がゆっくりと白い壁を下りていく。「夕べの蜘蛛は楽の種」[61]。もしかしたらこれからでもまだすべてうまくいくかもしれない。何がうまくいくというのだろう？

　蛇口から不規則に水がしたたり落ちるのが不快だ。ポチャリ。七まで数える――ポチャリ。ふたたび七まで数え――さらに八、九、十。一一――ようやくポチャリ。バラ色の絹のドレスを着たわたしは寒さに震える。深紅のビロードのベルトをウエストに結んでいる。かわいく見えるかしら？　じぶんによろこびや怒りを感じる暇もなかった。ポチャリ！

「ベティ、お願いだから、泣くのはやめて。わたしがアルギンを探すから。すぐに探しに行くから。あの人が悲しくなったり腹を立てたとき、酒を飲んでへべれけになってる店の見当はついている。店に電話をすることもできるけど、居留守を使うかもしれない。わたしが見つけて連れてくるから。その間、ベティ、あなたはみんなのところへ行ってちょうだい、聞いてる？アーロン夫人のところに座って、ディーターとゲルティから注意を逸らして」。ベティは顔をあげ、やせた冷ややかな声で言う、「ズザンネ、あなたが見つけるのよ。妹なのですから」。

✷

〈ローレ、ローレ、ローレ、ローレ——一七歳、十八歳の年の頃の娘は美しい……〉[62]。コートはどこ？　アルギンを探しに行かなければ。家のなかはグラモフォンの音楽、紙テープ、笑い声であふれている。どうしてベティはアルギンのために泣くのだろう？　リスカこそ、かれのために涙を流すべきなのに。リスカにはかれのために泣く権利がある。どのみち誰かが泣かなければならないのなら、それはリスカでなければならない。

　リスカは涙を流さない。玄関ホールで彼女はブレスラウアーと一緒に座っているが、かれの言うことには耳を傾けず、ドアをずっと見つめている。ハイニィがまだ来ていないのだ。

　玄関ホールはちいさなビアホールと化している。わたしたちは今朝、住居全体を作り変えたのだった。いまここは住居ではなく、一種のレストランである。とはいえ本物のレストランのような軽やかさや居心地のよさが感じらないのは、どこかしらやはり住居の気配がするからだ。

　人の暮らす家がレストランに扮している、家具もみな変装させられている。たくさんのシュナップスの瓶と大量のサラダとサンドウィッチやブレートヒェンが並んだ配膳室は、ぶくぶくに太って厚かましく見える。

　こうしたパーティーにはとてもたくさんのお金がかかるけれど、それをアルギンは払わなければならない。でもどうやって？　かれの稼ぎはほんのわずかしかないのに。アルギンはこのところすごく疲れ切っていた。あまりにもぐったりしていて、何に対しても逆らうことができないみたいだ。

情熱的なバラの香りがこれでもかというくらい家じゅうでしつこく迫ってくる。バラはどのテーブルの上でも咲きほこり、花束が、部屋の四隅の床にじかに置かれた黒い大きな花瓶に生い茂っている。ゆらゆらと漂うにおいでわたしは頭が痛くなる。ようやく春になったばかりで、まだ花のにおいはしない。前庭ではスノードロップと色とりどりのちいさなクロッカスが育っている。わたしの部屋の窓の前には、葉のないむきだしの黒い枝にぶ厚い銀色のつぼみをつけたモクレンの木が立っている。

リスカはとてもすてきだ。ブレスラウアーが口ずさむ、〈さらば、わたしは町を出ていかねばならぬ、いとしいきみは……〉[63]。かれはリスカの手にキスをする。ゆっくりと、打ちひしがれて。椅子の脚の横にひざまずいた彼の足はポッキリと折れてうめき声をあげているように見える。

童顔の年配のイギリス人と若いイギリス人がひとり、大量にモーゼルワインを聞こし召した後でビールを一杯飲もうとリスカのもとにやってくる。

アルギンを探しに行くと伝えるのに、あっちにいるリスカをちょっと呼びとめないと。

リスカはなんてすてきなの、淡いティーローズ色のビロードのドレスが彼女によく似合っている。ひょっとしたらハイニィは今晩、ほんとに彼女のことを好きになるかもしれない。彼女が生きて、そしておそれおののいていることが、ありありと感じられる。彼女の心臓は鼓動している、大きな暗青色の眼のなかで、つやつやした黒い巻き毛のなかで、あたたかい白い肩で、その丸くてちいさな手のなかで。

そう、ほの暗い灯りが、女たちの顔をみんなすべすべに、おだやかに、やわらかくしてくれる。ハイニィが言ったことがあった。「女の肉体と精肉はうまいこと照明を当てるに限る。巧みな照明は、肉屋とナイトクラブにおける商売上の最重要法則だ」。

「リスカ、アルギンを探してくる」。ベルが鳴る。ヴィンターさんがドアを開ける。「ザナ、なんてこと、ザナ」とリスカは言い、幅広の熱気をおびた赤い唇でわたしにキスをする。彼女の声には常軌を逸した笑いと涙が混ざっている。「ザナ、あの人よ、あの人が来たのよ——ザナ、もう来ないんじゃないかと、さっきから不安でおかしくなりそうだった」。

ハイニィがやってきた。「こんばんは、奥さま」とかれは言い、リスカの手にキスをする。「あなたはじつに美しい、そしてワイルドだ。耳から血が出ているじゃないですか？　なんだって？　ルビーのイヤリングをしているのですか？　とてもすてきだ」。

リスカにはもはや世界も人も存在しない、ただハイニィが存在するのみだ。

✷

「見よ、幸いなのは神の懲らしめを受ける人。全能者の戒めを拒んではならない。彼は傷つけても、包み、打っても、その御手で癒してくださる。六度苦難が襲っても、あなたを救い、七度襲っても、災いがあなたに触れないようにしてくださる」[64]。フクロウみたいに丸い灰色の眼をした、白髪でハリネズミ頭の小柄な男がこう語った。

「聖書の言葉はすばらしい」とアルギン。「まだ慰めようのある人びとの慰めとなる。ぼくを慰めることはできない。冷ややかに、ゆっくりと、孤独に、絶望して死んでいく。ぼくの心には憎悪も愛もない。殺しもキスもしたくない、ぼくはもう死んでいる」。

わたしはすぐさまアルギンを見つけた。

家を出ると通りはウナギのように黒光りしていた。つるつるで濡れている。天の息吹——やわらかくてふわふわした霧が見えた。まだ夜の住処《すみか》、けれどその壁はもう震えていて、まもなく崩れ落ちてしまう。むきだしのまま覆いもなく、人びとは真昼のひろびろとした明るさのなかに立つことになる。

タウヌス公園を通り抜ける。じめじめとした朽ちた地面は墓地と生命力のにおいがした。一台の車がまるくてかたいクラクションを鳴らした——わたしは耳ではなく口で音を受けとめ、それを飲み込む——神さま、助けて、息が詰まってしまう。星はひとつも出ていない。かすかな明るい光は車のヘッドライトだ。そしてあたりはふたたび暗くなった。

毒性のある静けさがわたしの心をさすり、不安を忘れさせ、そしてわたしの深い悲しみを破壊する。アルギンが死んだのだと思った。かれを見つける力も希望もなかった。わたしは、かれがときどき行くボーゲナーのワイン酒場に向かった。アルギンはいないよ、自殺したんだ、と誰かがわたしに言ってくれることを願っていた。そうしたらわたしもようやくばったり倒れて死ぬことも、気を失っても許されただろう。わたしは心の底からうんざりしていた。

アルギンはそこにいた。生きていた。ひどく酔っていたが、でも生きていた。年配のハリネズミ頭の男と一緒に座っていた。わたしはその男性を顔だけ知っていた。夕暮れどきになるといつも、かれはひとり落ち着いた様子でボーゲナーのワイン酒場に座り、ボルドーのハーフボトルを飲んでいる。わたしはかれのウエイターへの合図のしかたを知っていた。どんなふうにチップをあげるのかも知っていた。かれがいつも座る席も知っていた。読む新聞、飲むワインも知っていた。かれがいつ来て、いつ帰るかも。一度も話したことはなかったし、かれのことをじっくり考えたこともなかったが、わたしはかれにあまりになじんでいて、わたしの太い足の指の上についた爪みたいにどうでもよかった。そしてかれはいま、アルギンのそばの、いつもとはちがう席に座って話しているが、それがわたしには奇妙で不気味でなんだかしっくりこなかった。まるで足の爪がとつぜんまつげの場所にくっついたみたいだった。

「アルギン、お願いだから一緒に来て」。アルギンは来ない。じつにくだらないことを、ハリネズミ頭と話し合っている。ようやくわたしにもすこしは事情がわかってきた。

ハリネズミ頭の名はジャン・キュッパースという。かつてクレーフェルトにボタン工場を持っていたそうだ。いまは月に二百五十マルクの年金をもらっている。妻は小柄で、丸くて、快活だった。ザビーネという名で、かれは彼女をビンヒェンと呼んでいた。彼女の心はあたたかく、考えはシンプルで善良だった。かれはビンヒェンのことを愛していたし、これからもずっと愛しつづける。だから彼女の死は悲しかったが、それによってかれが絶望することはなかった。愛する人間が死んだときの絶望はじぶん自身に対するものであり、いつかその人のことを忘れてしまい、誰かで埋め合わせることで永遠に失ってしまうことをうすうす感じていることへの絶望なのだ。こう、ジャン・キュッパースさんはしわがれた声で、たどたどしく語った。長いあいだ使われてこなかったような声をしていた。

ビンヒェンは十年前に亡くなった。当時キュッパースさんは工場から退いて、息子夫婦のいるフランクフルトへと引っ越してきた。かれの息子は医者である。「酒も賭け事もしない立派な息子だけれど、ジャン、病気になっても、あの子の診察は受けないでね」と、亡くなる前に妻のビンヒェンは夫に言った。酒を飲まない人や賭け事をしない人のことを立派とみなすのは、わたしはまったくばかげていると思う。すこしでもよく考えてみれば、じっさい、こうした連中こそたわけたことばかり喋っているのに気づく。

キュッパースさんはじぶんの子どもたちのところに住まわせてもらうのに毎月一五十マルク渡していた。じつのところかれは居心地のわるさに気づいていなかったが、けっして心地よさを感じることはなかった。また気づきたくなかったのだ。かれの感情は疲弊し、怠惰になっていた。老人には慈悲深き善行が施されていると思い込まされてきた。かれは、じぶんに対して行われたこと、言われたことをそのまま受け入れた。そして金を渡した。しかも月々の百五十マルク以上を。息子の妻ルーツィエは、愛想よく、邪悪に、やさしく、粘り強く、どうしても手に入れたい金を懇願する能力に長けていた。彼女は美容室で茶色の髪をきれいにカールし、その赤くて丸い口はかわいらしく、、冷たい金属的な声をしている。キュッパースさんは彼女にいつも金をあげていた。彼女を魅力的だと感じたからではなく、彼女のことが好きではなかったから、一度たりとも好ましいと思ったことはなかったからだ。彼女を好きになれないことにかれは良心の呵責を覚え、それゆえに金を渡したのだった。

息子は突撃隊員《SA》になったが、それがキュッパースさんとどんな関わりがあろうか？　もはや政治のことなど興味がなかったし、家族のことも、じぶん自身のことすらどうでもよかった。そのうえかれは幼い孫娘のことも、虚栄心が強く、冷淡で、愛情のかけらもない子だと感じていた。

白と黒の装いのウエイターが酒場を忙しく動きまわっている、わたしの頭からはさまざまな言葉や考えがあふれ出る。神さま、いい子でいさせて。

ルーツィエはドレスを買うための金をほしがった。かれは彼女に金を渡し、彼女はドレスを買った。そのドレスは彼女に似合い、それを着ると見違えるようだった。彼女は、すでに何千もの若い妻が夫の上官を出迎えたように、居間で夫の上官に応対した。何千もの若き妻が、許されていなくてもキスされたように、上官にキスをされた。偶然にもそのときキュッパースさんが部屋に入ってきた、かれの息子も一緒だった。

キュッパースさんは取り返しのつかない時間のはじまりを目撃した。息子は何も見なかったと言い張った。かれはナチの上官との争いや揉めごとは好まなかったし、妻のことは賢い女性だと思っていた。しかしながら三週間後にはかれは離婚を申し入れた。身分証明書から彼女にはユダヤ人の祖母がいることが判明したというのだ。このことをかれは彼女に許さず、妻を恥ずかしく思った。

子どもたちのところで暮らすことが嫌でたまらない、とキュッパースさんは言った。出ていきたい。今日のうちに。ひとりになりたい。アルギンが望むなら、一緒に行こう。

明日、キュッパースさんは七十歳の誕生日を迎えるが、それを機にかれはすべてを悟ったのだ。かれは、人間は七年ごとに生まれ変わるという言い伝えを信じている。息子の家では明日の七十歳記念のお祝いの準備が整えられ、クレーフェルトやフランクフルト、ベルリンから、あらゆる親戚が招待されている。孫娘は詩を暗唱し、ユダヤ人の祖母のいる息子の妻はピアノを練習していた。妻の身分証明書の不都合など誰も知らないので、息子はお祝いのために離婚を延ばした。

盛大でにぎやかなドイツらしい家族の祝いの会が明日、行われることになっている。ただ七十歳のキュッパースさんだけがその場にいないだろう。人間は七年ごとに生まれ変わるのだから、かれは今日のうちに黙ったままそっと旅立つことを決心したのだった。一緒に、子どもたちに唯一愛されていた、その年金も旅立つこととなる。

キュッパースさんとアルギンは今晩知り合った。アルギンは人をすぐ信用するところがあり、そのうえひどく酔っていたのだ。アルギンは自殺するつもりで、その前にほかの誰かを殺したいと思っていた。それで覚悟を決めたのだ。不幸でおかしくなってしまった人がそう考えても、わたしはもう驚きはしない。いぶかしく思うとしたら、かれらが正常な人間である場合だけだ。

アルギンは、じぶんよりよこしまで、おろかで、価値の劣った誰かを殺したいと思っていた。かれは、こうした人間を探したけれど、見つからなかったと言う。死を決意した人は大きな力をもつものだが、アルギンは何時間もこうした力に酔い、ついでに言うと、空っぽの胃に流し込んだワインにも酔っていた。

アルギンは明るいうちに何時間もあちこちをさまよい歩いたが、殺すべき人は見つからなかった。かれにもできないくらい、邪悪で、不快で、おろかで、痛ましいことをした人間などひとりも見つからなかった。

そしてボーゲナーのワイン酒場に迷い込んだのだが、そこにはキュッパースさんしかいなかった。アルギンは、じぶんにはかれを殺すだけの力はあるが、その気も、腕力も、権利もないと断わって、キュッパースさんと知りあいになった。このようにしてふたりの男が親しくなったことには、わたしも驚かない。どんなことでもすると決意した人間が今日日、ほかの人間を殺すことを断念したら、それはたいしたことなのだから。

「よけいなものは捨てる」とアルギン。ひょっとするとかれは一時間に百回は「よけいなものは捨てる」と言っていたのかもしれない。かれには住居も、家具も、地位も、富も、称賛も、妻もいらない。住居と家具は力を、地位と名声は良識を、妻の冷めた愛情は心の温かさと才能を食い尽くしていく。

アルギンはキュッパースさんと一緒にここから立ち去りたいと思っている。タウヌス山地へ、モーゼル川に沿って、いますぐどこかに行ってしまいたい。この世はどこもすばらしい。安宿で眠り、パンを食べ、晩にグラスいっぱいのワインを飲むぐらいの金なら、ドイツにいても、卑劣なやつにならずとも、作家として、詩人として稼ぐことができるだろう。「神からの指示があるにもかかわらず、人間の言ったことを書き取る詩人は、卑劣な輩だ」。わたしはアルギンに、酒場にいる人みんながこちらを見るような、大声をあげないでほしかった。

アルギンはわたしと家に帰る。もはやかれの「わが家」ではなく、放棄してしまった家に。キュッパースさんもまた、歯ブラシと石けんとシャツを取りに、家に帰った。一二時にかれはアルギンのところに来て、ふたりは一緒に出立し、上機嫌で、まともな人間でいつづける。

リスカにはこのことについて何も言わないでおこう。でもいったいどうして？　もしかするとアルギンがあの老人とどこかに行ってしまうほうが、じっさいには、よいことなのかもしれない。アルギンは生まれたばかりの赤ん坊のように老いてしわくちゃに見えたし、老人の方が、わたしの目には肌つやもよく朗らかに映った。

アルギンは､家具はすべてリスカのものだ､家賃はあと半年分は払ってあると言う。どうやってリスカは生きていくの？　どうやってベティは生活するの？　どうやってわたしは暮らしていけばいいの？

＊

〈ローレ、ローレ、ローレ、ローレ――一七歳、十八歳の年の頃の娘は美しい……〉。笑い声と歌声が窓からこぼれ出る｡きらびやかに輝く光が帯になって開いた窓から漂い､憧れのつまったくすんだ色になってアスファルトの上を滑っていく。

わたしはドアを開ける。アルギンは祝宴になだれ込む。ドアを閉めたいのに、家の柱の一本が離れてくれない。世界の終わりの夢でも見ているのだろうか？

　フランツ？　あなたなの？

「ザナ、きみと話がしたい」とフランツが言う。

「もちろん、フランツ。待ってて、フランツ、すぐに行くから」。

＊

　すこしの間、わたしは玄関ホール、今日はちょっとしたビアホールだけれど、そこに座る。

「ドイツ国民はなんてしあわせになったんだ」と酒で真っ赤になった年配のイギリス人が言い、「もうすぐわれわれの列車が出ます、名残惜しいですがそろそろ失礼しなければなりません」とつづける。そしてふたりの若いイギリス人を探しにいく。かれらもまた、じぶんたちのことも、ドイツ国民のこともよろこんでいる。

「ドイツに共産主義者がいるよりも、はるかにましだ」とアーロンさんが言い、よろこんで笑う。

「リング協会[65]が揃いぶみだ」とハイニィは言い、腕にしがみついているリスカの手を丁重に離す。「どうしてリング協会なのかね？」とアーロンはたずねる。

「このパーティーは犯罪者の集まりだから」とハイニィ。「みな親切で、立派な、市民階層の人びとだが、もっとも新しいドイツの法律、あるいはナチ的感情によれば、かれらは投獄されねばならない。ここで自由に歩き回ったり座ったりできるのは、偶然にすぎない」。

「座ってて、ザナちゃん、どこに行くの？」わたしはフランツのところへ行きたい、ただフランツのところへ。

来訪を黙っているよう、かれがわたしに合図を送る。何があったの？　こんがらがった不安で、のどが詰まりそうだ。かれがここにいることは誰にも知られてはならない。なぜ？　何があったの？　フランツは一緒に入ってこようとはしなかった。

なぜハイニィはわたしのことを離さないの、出ていきたいのに。リスカはわたしを抱き、なで、彼女の顔をわたしの顔に重ね、唇をわたしの髪にやさしく押しつける——けれど彼女のやわらかで取り乱した愛撫はわたしではなく、ハイニィに向けられたものだ。わたしの足は冷え、興奮と不安で、硬直している。わたしの目はみんなの姿と動きを見、耳はすべての言葉をとらえ、心は、気づかれずに出て行ける瞬間を待っている。

居間のだるそうに揺らめく薄明かりのなかでイギリス人たちが踊っている。ぼんやりとした不安を抱えているほかの客たちに囲まれたかれらは機械のように冷静で疲れを知らないようだ。不規則に漂うタバコの煙のなかで紙テープが揺れている、バラの香りがさらに熱情的に、さらに暑苦しくすべての部屋に充満している。その香りは、目を閉じると、赤く、肉付きがよく、形があるように思える。手で摑めそうだ。

人びとの声や笑いは、しずかな海、興奮した海のようなざわめき。

もうほとんどまぶたも開けていられない。

パーティーを、ダンスをするイギリス人を、ミミ・ベアヴァルトのゴボゴボと音を立てる笑いを、グラモフォンから流れる、不機嫌で悲しげな歌を思い浮かべる。〈雨のしずく、雨しずく、窓をたたく……〉[66]。

わたしのこめかみに触れたリスカのやわらかい、濡れた唇を夢想する。州判事グライトが人形みたいに愛くるしくちょこちょこ歩く姿を想像する。

前庭で震えながら立っている、やせたフランツのことを想う、かれの揺らめく赤い絹のスカーフを、警告のために挙げた両手を。

フランツへの募るあこがれを夢みる。わたしの眠りと夢を想像する。わたしが飲んだたくさんのワインを思い浮かべる、その鼓動をもはや感じられないほど、疲れて弱り切ったじぶんの心臓のことを思う。

ハイニィが言葉をまとまった発言へと叩き上げていくのが、わたしには遠くで響いているように聞こえる。

「ザナちゃん、ブレスラウアーによりかかってしまいなさい。人種恥辱罪は、すくなくとも今晩この家では重要ではないからね。

何か飲み物をいただけないですかね、美しいリスカさん？　ありがとうございます。乾杯、懲役囚のアーロンさんじゃないですか！　新しいドイツがあんたの気に入って光栄です。

ディーターはあんたのひとり息子かね？　愛すべきいい息子だ。もう一度、じっくり見てやりなさい、刑務所での面会時間がどうなっているかは、わたしにはわからない。刑務所に入ってしまえば、もしかするとあんたは二度と息子に会えないかもしれない。

どうしたんですか、リスカさん？　秘密は漏らしませんよ、アーロンさん以外、この家の誰もが、ディーター・アーロンがさっきまで美しいブロンドのゲルティとふたりきりで一時間近くも話していたのを知っている。リスカさんは、ご親切にも理解を示して、若いふたりにじぶんの寝室を自由に使わせてあげた。彼女は正しい。かわいそうな子どもたちはシャンパンをごちそうになってたよ。ダンスをしながらキスをしていた。シャンパンを飲み、たがいに愛しあっているなら、キスをするのは当然のことじゃないか。

ちいさな恋人たちはキスのあいだ、目を閉じていた。恋人たちはみんな、目を閉じてキスをする。外からの光はいらない、かれら自身のなかで明るく熱い光が燃えているのだから。アーロンさん、この恋する子どもたちは、だが無邪気にも、じぶんに何も見えていなければ誰にも見られていないだろうと必死に信じ込んで、目を閉じたのですよ。とにかくおとぎ話を、つまりじぶんでじぶんの姿を消す魔法がかけられることを信じているんだ。

そのままじっと座っていてくださいよ、アーロンさん、あんたに関係することはあんたのいるところで話したほうがいいじゃないですか。

落ち着いて、このすばらしいシュナップスを一杯お飲みなさい。

何をお望みですか？　あんたの息子をどうしようっていうんです？　あんただってユダヤ人じゃない女性を好きになったじゃないですか、大昔に。そのうえそのご婦人と結婚までした。

ところであんたの奥方はもう見上げたエネルギーで、すてきで犯罪的な恋人たちを引き離そうとしたんだ。

ここで眠っているわれらがザナちゃんが、行方知れずの詩人でこの家の主人、彼女の義理の兄であるアルギンを探しているあいだ、アーロンさんよ、ベティ・ラフ嬢はご親切にも、あんたの奥方の世話を焼いていた。敬愛するあんたの奥方は、あんたとの長年の結婚生活を、尊大にも落ち着き払って、嘆かわしい過ちと称していた。

わたしの記憶が正しければ、奥さんはおちぶれたプロイセン将校の名家の出でしたね。彼女は家庭教師としてどうにかして生活費を稼がねばならなくなった。あんたは愛国心と理想主義でもって彼女と結婚したんだ。

あんたはたしかに、奥さんにふさわしい豊かな生活を与えてやった。奥さんがあんたに差し出したものは感動的なほどの厳格な冷淡さだった。そして彼女はあんたに息子を産んでくれた。あんた自身が、敬愛する妻がユダヤ人、あるいはあんた流にいえば非アーリア人との結婚を悔いていることをじゅうぶんに承知していると言っていましたね。そして息子のためだけに彼女は離婚しないことも。彼女はベティ・ラフ嬢の前で、じぶんの美徳の非の打ち所のなさを残念に思う、いまとなっては愛する大切な息子がアーリア人との過ちによって生まれたのだったらよかったのに、とまで話していましたよ。

奥さんはご自身を、誇り高き純潔なアーリア人としてだけでなく、陵辱され、はずかしめを受けた女性として、そして何よりも彼女の息子の母として感じておられる。奥さんは息子を愛している。だからあんたのせいでこの息子がいままでは禁じられた劣等人種という欠陥をもつことになったのが許せないんだ。あんたの女房の論理は、アーロンさんよ、ナチ連中の論理ほど支離滅裂ではない。そしてナチ党員の論理は、残念なことだが、無秩序や無理解という点では、あんたのそれにほとんど引けを取らない。

あんたの奥さんが、立派に育ったハンサムな息子とブロンドの美しい恋人がキスしているのを見つけるように、ベティ・ラフ嬢がうまく仕向けた。

ベティ・ラフ嬢はもちろん、若い人たちにも、大変な試練を経た母親にもよかれと思ってそうしたんだ。

奥さんは鍵のかかっていない、リスカの寝室のドアを開けた。ご立派にも奥さんの口は、アーロンさん、その目が見たことを黙っていた。

だがしかし、このプロイセンのアーリア女性は、彼女の善良なユダヤ人の息子がブロンドのアーリア女に誘惑されたと、のたまわった。こうしたすべてがなんだか支離滅裂にみえるのも無理もない、アーロンさんよ。けれどもわたしの報告のモットーは「明晰」であることなんでね、たとえそれが憎悪や嫌気を呼び起こすとしても。ちなみに憎悪や嫌気を呼び起こすと、だいたいわたしはうれしくなる。

奥さんはとても威圧的でぞっとするほどおそろしかった。ディーターは母親に言われるがままその場から家に帰されたのが、わたしにはわかった。

かわいそうなゲルティは泣いていた。彼女は若く、どうしようもないほど絶望している。彼女はまじめに心から愛しているから、ほかの男にもあと三日は彼女を慰めることはできまい。いま彼ブレスラウアーが睡眠薬を持っていたから、わたしは彼女にその薬をすこし飲ませた。いま彼女はひとりぼっちで赤く泣きはらした顔でリスカさんの大きなベッドに寝ている。

アーロンさん、あんたの息子は今頃、お宅で寝てますよ。「称賛すべき」あんたの奥方はミミ・ベアヴァルト嬢と年配のイギリス人と、堂々と歓談している。奥さんの英語はじつに見事だね。ラフ嬢は、わが友アルギンがこのすばらしい祝宴に光栄にも出席すると言ってくれてからというもの、おせっかいにすっかり夢中になっているのだろう。

さらにここにいるほかの犯罪者連中について話しましょうか？

リスカさんはユダヤ人を客人として招き、人種を恥辱する恋愛を援助している。そのうえ彼女は扇動的で危険な演説に賛意を示し、関心をもって聞いている。

一九三三年のボイコットの日[67]にブレスラウアーは殴られて鼻骨を折り、かれがこれまでまじめに築いてきた生活の基盤が奪われた。そこでかれは、懸命に稼いだ金の一部をひそかに外国に持ち出すという犯罪のリスクを冒した。

そしてあんたがいくら楽天家でナチの連中の限りない善良さを信頼しているといっても、アーロンさん、万が一のために同様にオランダにわずかばかりの金を預けているじゃないか。さらにあんたは、ついさっきある大管区長官《ガウライター》について、まあどうってことはないが、でも見ようによっては反逆的な小話をするという罪を犯した。

われらが愛すべき州判事グライトは、第三帝国の司法を非難せずにはいられず、われらのおえらい三羽がらす[68]の私生活のうわさを言いふらしている。グライトさん、あんたはひどく罰せられることになりますよ。

それはそうと、ドイツの市民階層のくそまじめなおとなの男たちはじつにこっけいで奇妙な存在に成り果てたものだ。かれらが一堂に会すると、子どもみたいに文句を言い、小声でささやきながら、ぞっとすることに快感を覚え、不安におののいては、権力者たちの人生のゆかいな話や陰鬱な話をする。学者先生、芸術家、商人、役人の会話が、無思慮な使用人のお喋りのレベルにまでに下がっている。かれらは主人の悪口を言いながら、主人に対してへりくだる。

どうしたんだい、ザナちゃん？　どこに行きたいのかね？」

わたしはけっして夢など見ない、すべてはほんとうのことだ。フランツのところへ行かなければ。頭にくる、ようやくイギリス人たちが別れの挨拶をしにやってくるから、見送らなければならない。

三人のイギリス人は信じられないほど元気で、笑い、晴れやかな顔をし、すこやかだ。もう行かなければならないことが残念でたまらないようだが、かれらの列車はあと一時間でケルンに向けて出発し、向こうの駅では人びとがかれらを待ち受けている。

年配のイギリス人は、すでに帽子とコートをまとい、別れのスピーチをしようと、もう一度、ワインの入ったグラスを持ち上げる。かれは、すべてのご婦人たちのために、すべての殿方のために、そしてとりわけ友好的で幸運なすばらしいドイツ国民のために乾杯する。

＊

「フランツ、ずいぶん待ったよね？」長いこと待たせたことを知っているのに、わたしたちは、いつもばかみたいにこうたずねる。わたしの頭がぐちゃぐちゃで、こわくて、でも何がこわいのかわからない。

フランツは黙っている。わたしはかれを茂みへ連れていく、ほんの三分歩くだけ。ベンチがあるから、座って話せる。

フランツは座ろうとしない。わたしたちふたりきり、濡れてしずくを垂らす枝の下で。遠くから街灯のかすかな光が真っ黒の孤独に差しこむ。

フランツを抱きしめて、キスをしたい。けれどフランツは銅像みたいによそよそしく、不気味にじっとそこに立っている。わたしも硬直しはじめる。口がかたまり、腕が、思考がこわばる。暖かさも寒さも感じない、コートを羽織るのを忘れ、かすかに湿り気を帯びた木々の枝からわたしのうなじや腕にぽたぽたとしずくがしたたり落ちているというのに。

「やつを殺してしまった」とフランツは言う。

「隣に座って、手を出してちょうだい、フランツ」。

＊

つまりこういうことなのだ。こういうことだった。ちょっと待って。頭を働かせなくては、じっと耳を傾けなければならない。

わたしがケルンから去ったとき、フランツは黙ったまま、半年したらふたたびわたしと一緒になり、結婚することをかたく決心していた。それからゆっくりではあるが着実に、じきに結婚できるよう、かれはあらゆることを行った。すこしばかり貯金もあった。けれど慎ましやかなタバコ屋を開くには、まだじゅうぶんではなかった。それにわたしがケルンの家に戻ることはありえないということは、かれにもわかっていた。かれは家から出て行くべきか、わずかな給料でふたりがやっていけるかどうかを思案した。ひどくケチケチ暮らしたとしたら、ひょっとしたらそれでも足りたかもしれない。けれど貯金はできなかったろうし、わたしたちのちいさなタバコ屋にはけっしてたどり着けなかったことだろう。

リスカとアルギンのもとでの豊かで心配のない暮らしぶりを手紙で知らせると、かれは、こんなにも貧しく、いつまでも見通しのきかない生活をわたしに送らせることをおそれた。かれの母親がわたしたちのためと言ってかれに金を渡すことはけっしてなかったろう。だからフランツはもう半年母親と生活をともにし、かれの給料から彼女に一ペニヒたりとも渡さず、一ペニヒ、一ペニヒを貯金するつもりだった。かれは母親のがなり声、怒り、涙、わめき声を耐えようとした。彼女はたしかにもうじゅうぶんため込んでいた、もう何年もフランツは母親に給料すべてを渡していたのだ。

何もかもが困難だらけでいまだ漠然としていた。それが、パウルのおかげで一気にみんな明るく幸福になったのだ。太ったゆかいなパウル、フランツのただひとりの友人によって。

フランツはのんびりしていて、気が小さく、暗い。パウルはせっかちで、新しいことに挑戦するのが大好きで、明るい。かれは計画を立てるのも好きなのだが、なんとかなりそうなら、計画を実現させるための行動力ももちあわせている。

タバコ屋の計画にパウルは興味をもった。かれにとっては親友のフランツを助けることが大切だった。フランツが称賛して、一心にやり遂げる手腕に感心してくれることが、パウルにはうれしかった。そのときからパウルは、わたしたちがタバコ屋に新聞や本売り場も設けることになったら、そこで働きたいと思っていた。それはパウルがずっと抱いていた夢であり、かれはまたわたしたちと一緒に働きたかったのだ。

パウルには裕福だが信じられないほどドケチの義兄がいる。この男からたったの三ペニヒだって手に入れることは、悪魔にも天使にもできなかっただろう。ところがパウルは、この義兄からささやかな店の開店資金に足るだけの金をまんまとせしめた。

それからフランツとパウルの熱狂的な仕事の日々がはじまった。わたしを驚かせようと、フランツは手紙を書いてよこさなかったのだ。

金は運よく揃ったのだが、その後でふたたび何もかもがうまくいかなくなりそうになった。必要な営業許可を手に入れるのはほとんど不可能だった。ふたりの男たちは無理を重ねてやつれ、へとへとだった。パウルでさえもついには青白い顔色になった。

言葉では言い表せない数々の苦労を経て、ようやくこうした困難も克服できた。旧マルクトの細い路地にうす暗い小さな店を借りることができた。「おまえんとこのザナならきっとカラフルで楽しい店に飾りつけてくれるさ」とパウルは言い、「女はこういったことが得意だから」とつづけた。

店舗には部屋がひとつと台所がついていて、そこでわたしたちは暮らしたことだろう。台所の後ろにもさらにもうひとつ部屋があって、そこでパウルは寝泊まりするつもりだった。店の横には玄関から門までの通路があり、しばらくしたら新聞売り場をオープンできたと思う。わたしたちならかならずや一緒に切り抜けたはずだ。わたしたちの部屋は小さな中庭に面していて、そこには灰青色や白の鳩が飛びまわり、首を上下させたり、地面をついばんだりしながらその辺を歩いていた。店の隣には年配のやもめの骨董商が住んでいて、かれは妻の死後、再婚はせず、鳩の飼育に身を捧げていた。

パウルがはじめて将来のわたしたちの部屋の窓を開け、手を差し出したとき、その上に、飛んでいる一羽の白い鳩が糞を落とした。パウルは、かれらしくしずかによろこんだ。鳩の糞は幸運と金を意味するから。

パウルとフランツはますます熱心に働いた。ゼラニウムの鉢を三つ、白とピンクと赤のを、フランツはわたしのために買った。

タバコ会社やおおぜいの代理人との交渉もしなければならなかった。パウルは長い葛藤と思案をの末、すばらしいニッケルメッキの葉巻用点火器を購入した。それをカウンターに置くことになっていた。この葉巻用点火器は、十二使徒の頭の上の炎みたいに、小さな青い炎をずっと放っていた。

フランツとパウルはこれまでものすごい数のエレガントですてきなタバコ屋を見てきていたが、そこにあるものはどれもかれらの関心を引かず、ありきたりに思えた。一方、かれらの用意できるものはみなみすぼらしくちっぽけだったが、それだってかれらにしてみれば奇跡だった。

楽しみにしていた店のオープン三日前、フランツとパウルは逮捕された。朝六時に。フランツはパウルの家のソファーで寝ていた、家では母親、つまりアーデルハイトおばさんがガミガミ言ってはかれを不安にさせていたからだ。

かれらはふたりとも法廷ではなく、かつてわたしも連行された警察署のゲシュタポの部屋に連れていかれた。ナチ国家を破壊しようとした、という科《とが》だった。それを聞いてパウルは怒りのあまり不機嫌になり、それこそがぼくの切なる願いだ、と答え、これまで実行しなかったことを恥じた。邪悪な小男の即決裁判所判事はフランツとパウルを保護検束とした。それからふたりは引き離され、会うことも話すこともできなかった。

即決裁判所判事は、パウルの住まいから反ナチ政権のビラが見つかったと言った。フランツにはそれがほんとうかどうかはわからない。もはやパウルにたずねることはできなかった。フランツは、戦争に反対かと聞かれ、反対だと答えた。けれどかれが戦争に反対することは許されなかった。ドイツに住む人間には、じぶんが何ものであるべきか、何になりたいか、何を言うべきかを知ることは、まったく不可能なのだ。

フランツにはなぜじぶんが投獄されたのかわからなかった。そして三か月後に釈放されたときも、なぜ釈放されたのか、かれには不明だった。

かれの疑問には何の答えも得られなかった。みんな、かれに理解できない言葉を話した。かれのなかで憎しみの炎が燃えたぎり、かれの考えは灰と化してしまった。もはや心臓の鼓動を感じず、頭は考えることをやめ、刺すような熱い怒りの炎しか感じなかった。

「ぼくの友だちはどこなんだ?」かれはたずねた、「パウルはどこ?」三十回たずねた、百回たずねた。かれ自身がたずねるのをやめても、その口は、かれの不安が言わせているその言葉「ぼくの友だちはどこ?」をその後もずっと発しつづけた。そしてもうパウルについて何も知ることはできないだろうということを悟った。

フランツの足は歩いた、足はまだ考えることができた。頭のなかは空っぽで、寒々しく、ちょうど引っ越した後の住居のように雑然としていた。足はフランツを旧マルクトにあるちいさなタバコ屋へと運んだ。

もう店はなかった。商品のない店は店ではない。タバコはどこかに行ってしまい、青い炎を絶やさない、自慢のすてきな葉巻用点火器もなかった。枕も掛け布団もなく、部屋はむきだしでうろたえているようにみえた。床には踏み潰され、めちゃめちゃにされたゼラニウムの鉢が三つ転がっていた。赤いゼラニウム、ピンクのゼラニウム、白のゼラニウム。三つの鉢のゼラニウムはみんな枯れていて、みんなしなびて茶色だった。

新しい小さな住居の壁は吐き気を催すほどにひどく汚されており、それを見てフランツは燃えるような驚愕を覚えた。いったいなぜ人間はこのような好ましくケチのつけようのないはじまりをことごとく憎悪するのか？　もしかすると、盗みを働いた人たちが、盗まれた人間や盗まれた空間を憎むのは当然のことなのかもしれない。盗まれた人は泥棒ではなく、それゆえやましさを覚えることもないので、盗んだものに妬まれるのだ。

＊

フランツは黙っている。かれの呼吸は弱く、ヒューヒューという音を立てている。両肩を前に押しだし、それはまるでコートの襟でそうするみたいに肩で身を包もうとしているかのようで、へとへとになって両手を力なく組み合わせている。わたしたちは暗い小さな公園を行ったり来たりしている。ときどき近くの道路を走る車のヘッドライトが、敵意をもって捜索する巨大な目のように、葉のない木々や灌木の黒いかたまりのなかから現れる。

フランツにキスをしたい、けれど男というものは女とはちがって、どんなときでも、どんな状況でもキスで慰めてほしいわけではない。「フランツ？」

わたしは震えている。フランツに気づいてほしい、わたしがバラ色の薄い絹のドレスを着ていて、バラの香りがし、髪はカールしていることに。もっともこの場所の湿った空気でカールはしだいに取れてしまうけれど。

「フランツ、いくらなんでも悲しすぎる。いとしいフランツ。でもこれからは一緒にいようね、ねえ、聞いてる？　ふたりで何か手立てを見つければ、すべてうまくいくはず」。

「うまくなんていきっこない」とフランツは言う、「ザナ、きみはまだ知らないんだ」。そしてフランツは話をつづける。

かれは窓際の壊されたゼラニウムの鉢の上に立っていた。鳩は頭を上下させてついばみながら、中庭を動きまわっていった。鳩は肉付きがよく、羽を逆立てるのを見ていると気持ちが落ち着いた。

そのとき、鳩の飼い主であるやもめの老骨董商が手をこすり合わせながら中庭に出てきた。朝の湿った冷たい空気が口に入り、そのしなびたしわだらけのはげ頭にも降りてきた。

かれはフランツが窓際に立っているのを認め、周囲を見まわして、家々の外壁あちこちにすばやく目を走らせてからゆっくりとフランツのほうに歩いてきて、ためらいがちに震えながら手を差し出した。ふたりはこれまで一度も話をしたことはなかった。

「どんな目にあったのですか?」老人はかれた声でおずおずとささやいた。「いやいや、お答えにならないでください、けっして答えないでください、何も言ってはならないことは存じています。あそこから出てきた人は何も口にしてはならない。わたしの甥っ子を、うちの店を手伝ってくれてるんですがね、かれのことも連中は連行して、甥はあなたよりも長いこと拘束されていました。かれは何も言いません。鉤十字《ハーケンクロイツ》の旗を掲げています、われわれはそうしなければならないんです。従わざるを得ません、ええ、生きたいですからね。やつらはわれわれより強く、個々人ではかれらに太刀打ちなどできません」。

それから老人はフランツに、すべてはヴィリィ・シュライマンのせいだと語った。このシュライマンは四十歳、一家の父親で、にもかかわらずひっきりなしに知らないよその女や娘に欲望を抱いていた。かれは一文無しの、うさんくさい大男で、みんなから気に入られたいと思っていた。ケルンのズュルツにお気に入りの家庭菜園《シュレーバーガルテン》をもっていて、野菜と、健康でスマートな身体を維持するために庭の手入れをし、夏の夜には女の子たちを家庭菜園《シュレーバーガルテン》に連れていくこともできた。冬には女たちと道具小屋に閉じこもった。ところでかれは、フランツとパウルの新しいタバコ屋と同じ通りの七軒先にちいさなタバコ屋を経営していた。その店はうまくいっていなかった。シュライマンにはほかの用事があったので、いつもかれの妻が客の応対をすることになっていた。妻は無愛想で、病弱で、ひねくれていて、客はおそれをなしていた。客はもちろん、なぜこの女がむかつくイヤなやつになったかなんて考えたりはしない、いったいどうしてそんなことを思いつくだろうか。

フランツとパウルに対して、はじめシュライマンはすごく親切だった。居酒屋でかれらと一緒に座り、タバコ屋について専門家としての助言を与えた。また政治についても話し、ナチについて文句を言っていた。かれは突撃隊《SA》員だったので、制服姿で女性たちにさらに強い印象を与えていた。もうすこしで昇級というときに、かれの祖母がユダヤ人だったといううわさが広まった。その結果、かれは当面突撃隊《SA》からは除名されてしまった。ユダヤ人の祖母についてはなかなか証明されず、大変な苦労の末、シュライマンはふたたび突撃隊《SA》の一員となった。しかしその地位は輝きを失い、不安定なものとなった。

かれはナチ連中のあいだでふたたび敬意を集めて人気を得ようと悪事をもくろんでおり、そのためにフランツとパウルの店を破壊したいと思っていた、同じ通りに競争相手は来てほしくなかったのだ。かれは最寄りの党支部へと赴き、フランツとパウルを共産主義運動と危険な演説のかどで告発した。こんなふうに、どんなライバルもあっという間に片付けられる。党によく思われていない場合には、ライバルはどっちみち、ある一定期間保護検束とされる。そして結局何も証明できずに解放されたとしても、こういうちいさな新規事業は当然のことながら駄目になり、挽回はもはや不可能である。

さてこの件の場合、パウルはじっさいになんのかんのと侮辱的な発言をし、フランツもかれに同意した。ふたりともたしかに人を信じやすいところがある。ひょっとするとパウルはほんとうに共産主義者として活動していたのかもしれないが、どうしたらそんなことがわかるというのだろうか？　いずれにせよフランツはそのことについては何も知らなかったし、どのみちかれには政治的な才能のかけらもなかった。

老骨董商は通りのものみんなが知っていることを語った。シュライマンみずからが、酒場で自慢していたのだ、あのいまいましい共産主義者を騙し、破滅させたと。もっともシュライマン自身はナチによる転覆のちょっと前までご立派にも社会民主党員だったのだけれども。

わたしたちは濡れた冷たいベンチに腰を下ろし、わたしは背中に忍び寄る冷気を感じていた。「ぼくが殺した」とフランツは言う。わたしの脳は無感覚で凍ってしまったようだったが、ようやくゆっくり溶けてきた。わたしはかれの話を理解し、信じはじめる。もっと話を聞きたい、もっともっと。路面電車がボッケンハイム街道を向こうへと走っていくのが聞こえる。あれは最終だろうか？　一軒の家で灯りが消えるのが見え、眠りについたすべての人たちの灰色の寝息がずっしりと町を包み、それはわたしの髪にかかり、そっと押しつけるヴェールのように両肩にも降りてくる。すべてがとてもほんとうのこととは思えない、わたしはいったいまだ生きているのか？　耳にはメロディが響いている。リスカのパーティーの音楽が聞こえた気がする。

わたしは大きく広げて組んだフランツの両手にじぶんの手を添える。かれの手だ。すべてがほんとうのことなのだ。フランツの手はぎゅっとわたしの手を包みこむ。フランツは、わたしがそばにいることに気づいている。

＊

フランツは老人の話に耳を傾けた。寒くどんよりとした朝だった。日の光が剣のように雲を貫くと、老人は、フランツとふたたび握手することもなく、みずからの住居にそそくさと退散した。鳩は頭を上下させてついばんでいた、かれらはけっして満腹にならないのか？

フランツには背広と財布が返却された。財布のなかの金を数えると、一九マルク七五ペニヒだった。

かれは無残に汚された店の壁によりかかり、何もないカウンターの上をなでた。中古で買った物件だったが、状態はわるくなかった。しかしいまでは斧で傷つけられていた。もしかすると金を見つけようとしたのかもしれなかった、ひょっとすると共産主義のビラを。あるいはただたんにそれがまだ壊れていないという理由で、このカウンターを壊したかったのかもしれない。

フランツは悲しみでいっぱいになった。かれは凍え、空腹だった。考えようとしたが、うまくいかなかった。そこで考えるのを諦め、みずからをおそった不幸に身をまかせた。かれはたたずみ、じぶんをとりもどし、頭と心にいつか決意が生まれるのを待ちつづけた。

やがてフランツの気弱で霧のかかったような悲しみは消えた。そしてその身体には、まるで太陽を飲み込んだかのように、刺すような熱い憎しみが燃えたぎっていた。

フランツは中央駅に向かった。第一に、すぐ近くにいたし、第二に、絶望したものはいつも駅に惹きつけられるものなのだ。そして第三に、フランツはわたしにできるだけ早く届くよう手紙を出したかった。けれどじっさいにかれがそれを思いついたのは、駅に着いてからだった。第四に、かれはこれから犯す犯罪によって起こりうる結果から逃亡中だったのだ。

かれは駅の郵便局でわたしに手紙を書いて速達で送った、それが今日[69]の午後わたしが受け取った手紙だ。わたしのことを思ってくれたなんて、とてもうれしい。それからふたたびフランツはわたしのことを完全に忘れた。女は男のことをこれほど完全には忘れられない。けれど女はまた男のように相手に忠実ではいられない。

わたしへの手紙をしたためるとフランツは、ドームのすぐ近くのコメディエン通りの酒場へ行った。そこでレバーヴルストを食べ、それに合わせてネズ酒を七杯飲んだ。

「ここのところシュライマンは、午後はいつも家庭菜園《シュレーバーガルテン》で働いていますよ、そこで土を掘りおこしているんです」と老骨董商は言っていた。

かれはヴァルラフ広場からケルンのズュルツへと向かった。

フランツは家庭菜園《シュレーバーガルテン》を見つけた。工場の煙突が黒くまっすぐ空に突き出していた。あたり一面煙突が立っていて、それ以外何も見当たらなかった。そこにある家庭菜園《シュレーバーガルテン》群は、ゴミの山積物に囲まれた、つまりそこはゴミ捨て場だったのだけれど、そのあいだにある荒涼としたわびしい谷だった。灰、ボロボロの敷物、さびた鍋ややかん、底のない長靴によって家庭菜園《シュレーバーガルテン》群の壁ができあがっている。山積みになったうす気味わるい廃棄物にまぎれて、深緑の葉のイチゴの苗が育っていて、それはそのうちに白っぽい花をつけ、大きな赤い実を結ぶのだ。

ベニバナインゲンは、夏には新緑を芽吹かせて、ちいさいけれど強烈な橙色の花を咲かせ、そのつるは朽ちかけた小屋を覆っているが、小屋には、たび重なるどんよりした秋の露や、霜も雪もない退屈で怠惰な冬の冷気がひどくしみこんでいた。

フランツが開けたドアはさびついていた。庭中大量の腐ったキャベツの茎だらけだった。そこここで白くかわいらしいスノードロップがゴミのなかから顔をのぞかせていた。人がそこに見たのは花が地面に広がる様子ではなく、その白さだけだった。

フランツはシュライマンを見た。小屋のぐらぐらするちいさなベンチに座っていた。右手で鋤《すき》の柄を掴み、左手で小型の鍬《くわ》の柄を握っていた。家庭菜園《シュレーバーガルテン》は安らぎの訪れない墓地のようであり、死のにおいがした。

「シュライマンさん、あんたがぼくの友だちとぼくを告発した」とフランツは言い、小屋に立っていた。床にはカブトムシみたいに光沢のある茶色のコンパクトがきらめいていた。油性の甘いライラックの香りがちいさな空間に漂っている。「くそ女ども」とシュライマン氏は言い、誰に対してというのでもなくぼんやりと笑い、つばを吐いた。

「シュライマンさん、あんたがぼくの友だちとぼくを告発した」とフランツ。「おれにからむな、まぬけ野郎。出て行ってくれ、おれにはほかの心配ごとがあるんだ」、シュライマンは毒づき、鍬を落とし、そばの地べたに置いてあった飲みかけの穀物酒の瓶をつかんだ。

穀物酒は床の上を流れていた。フランツの両手がしっかりと容赦なくシュライマンの首に置かれた。燃えるような憎しみのほむらすべてがかれの両手に流れ込み、それは狂暴な力となった。鋤がシュライマンの右手から落ちた。

フランツは駅に向かった。かれは路面電車には乗らず、歩いていった。駅への道は遠かった。フランツは三等の待合室でフランクフルト行きの列車を待っていた。悲しくなかったが、うれしくもなかった。おそれも悔いもなかった。そのときかれには列車を待つことしかできなかった。

*

ようするにそういうことだった。うつろに、死んだようにかれはわたしの隣に座っている。「フランツ！」かれ自身による語りはかれを目覚めさせることも、温めることもなかった。かれはすっかり凍りついていた。痛みもよろこびも覚えず、後悔も不安もなく、わたしへの愛も感じていない。

「ブタ野郎を殺してよかったじゃない、フランツ！」

かれは黙ってそこに座り、うなだれている、すぐにも頭が落ちて、ふところに転がりこんでしまいそうだ。わたしは子どもの頃、じぶんの頭を腕に抱えてうろうろと散歩する幽霊の話を読んだことがあった。曲げた首のまわりを赤い絹のスカーフが、赤い血潮のように流れている。聖母さま、連中はこの頭を切り落とし、処刑するでしょう。ケルンのクリンゲルピュッツ刑務所で連中は共産主義者を処刑し、その叫び声をわたしは聞いた。路面電車の一八番線でドームへ行ったときだ、あの通りはなんていったかしら？　なんだったかな……ウンター・ザクセンハウゼン。よかった、まだ覚えている。ウンター・ザクセンハウゼン。とにかくわたしは一八番線に乗っていて、いったい何をしに大聖堂に行ったんだっけ？　路面電車がクリンゲルピュッツ、あのいまいましい刑務所のある路地を過ぎたとき、叫び声が聞こえた。誰かが叫んでいた、苦痛のあまり、空気は震えていた。「あれはクリンゲルピュッツ刑務所で処刑される共産主義者だ」と運転手の近くに立っていた若い突撃隊員《SA》が言った。かれの声には、事情通であることを鼻にかけているのが表われていた。なぜそうした声がここまで聞こえるかはわからない。「死刑囚のひとりを知っている、ほんの一八歳だった」と運転手は言い、かれもまた誇らしげだった。かれは運転をつづけ、叫び声も一緒についてきた。多くの尊敬を集め愛されていた人間の葬儀におけるように、ひとりの男性が深刻な様子で、うやうやしく心をこめて帽子を取った。かれは、大急ぎで、手をぴくぴく動かしながら、ふたたび帽子をのせた、というのも突撃隊員《SA》が鋭い疑いの目を向けたから。子どもは笑い、母親は泣いた。ある太った女性はじぶんの左胸を両手で抱きすくめ、もはや息もできなくなって、そのまなざしは絶望していた。まだ叫び声が宙で震動していたが、もうそれは聞こえず、ただ見えるだけだった。わたしたちはみなそれを見、それを感じた。それから世界はしずまりかえった。ひとりの若い男性が座席から下り、ひざまずき、祈った。突撃隊員《SA》と運転手はかれを叱責するより、気が変になっていると思いたかった。みんな祈っている人が何を言っているのか、聴かないようにした。こうして大聖堂に到着し、そこでわたしたちは全員下車した。

フランツは逃げなければならない。頭のなかでこの考えがはっきりとものすごい速さで鼓動のようにどんどん高鳴っていく。フランツは人を殺してしまった。誰かを殺害したら、逃走しなければならない、ずっと逃げつづけなければならない、人生の終わりまで。フランツ、わたしも一緒に逃げよう、わたしはあなたを愛している、どこに逃げられるかしら？　誰が笛を吹いているの？　おまわりさん？　フランツを探しているの？

あたりは静まりかえる。あの、なんていう名前だっけ、そうだ、シュライマン、ひょっとしたらやつは死んでなどおらず、もしかするとただ気を失っているだけかもしれない。やつがどんな状態で発見されても、失神していたとしても死んでいたとしても、まったくどうでもいい、人びとはフランツを捜索し頭を切り落とすだろう。逃げなければ……。

✷

〈ローレ、ローレ、ローレ、ローレ、一七歳、一八歳の年の頃の娘は美しい〉。グラモフォンがかかっている、わたしは笑う、一緒に歌う、誰にも何かを悟られてはならない。わたしの留守に誰か気づいただろうか？ 「ザナちゃん、そこにいたのね、急にザナちゃんがあらわれた――〈おお、ズザンネ、なんて人生はすてきなんだろう……〉[70]」。リスカは酔っ払っていて、わたしにキスをする。しかも彼女は、好き勝手にいろんなことができるように、じっさいよりもずっと酔っているかのようにふるまう。酔ったふりをするには、酔っていなければならない。ハイニィが彼女の襟元をのぞき込めるように、彼女は深く身をかがめる。かれは目もくれない。ブレスラウアーと話さないと。誰にも気づかれないように。わたしたちはよその国に逃げなければならないが、どうしたらいいのかわからない。学校でもっとも大切なことを学ばなかったとしたら、何のために学校へ行ったのだろう。

フランツに食べものを持っていきたいけれど、もう食事の時間は過ぎている。フランツは暗闇のなかで待っている。石炭貯蔵用地下室にわたしはかれを閉じこめ、逃げられないようにした。「フランツ、わたしの言うことを聞いてちょうだい、もしもあなたの身に何かが起きたら、みずから命を絶つから」。

居間にわたしたちは座っている。ほかの人たちはみんなどこなの？ ビール酒場？ ここはどこも暗い。誰が灯りを消したの？ ろうそくが三本だけ部屋の中央に置かれたちいさなテーブルの上で燃えている。おそらくハイニィが、ろうそくが好きだとでも言ったのだろう、そしてリスカは、ろうそくの灯りがかれを官能的にすると思っている。〈このようにわれわれは死ぬ、このようにわれわれは死ぬ、毎日このようにわれわれは死ぬ〉[71]とハイニィは歌う。「ここは葬式みたいだね、リスカさん、何か飲み物はいただけませんかね。ありがとう。でもどうしてこのシュナップスはこう温かいのかね？」

「ドクター・ブレスラウアーさん、いつロッテルダムにお発ちになるのですか？」わたしはどのように逃げるかを聞かなくてはならない。「どこの国にロッテルダムはあるのですか、ロッテルダムまでの距離はどれくらいですか？」

　リスカはソファーのハイニィの隣に座り、絶望のあまりかれを殺してしまいたいとでもいうように、その腕をかれのうなじに置く。

　一瞬、ハイニィはリスカの燃えるような目をのぞき込み、困惑した、ほとんどぎょっとした顔つきをする。リスカは音も立てずに、しずかに泣いている。彼女の顔は硬直し、開けた目からは涙が流れている。ハイニィが彼女の髪をなでると、リスカはしずかにしゃくり上げはじめる。「おやおや」、ハイニィはつづける、「どうなさったんですか、リスカさん、人生はロマンティック・オペラなどではありませんよ」。

　ロッテルダムに逃げなければならない。ブレスラウアーはいい人で、お金持ちだ。数日のうちにはかれはロッテルダムに着く。「ブレスラウアーさん、どちらのホテルに宿泊されるのですか？」いまはまだ何も言えない。でもロッテルダムに着いたら、わたしはかれのホテルに行き、すべてを話すつもりだ。きっとわたしたちにアドバイスをくれ、助けてくれるだろう。

ロッテルダム行きの列車はいつ出るの？　今夜のうちにわたしたちはここを出なくてはならない。もうすぐ真夜中だ。どうやって？　夜中の一時に列車はあるだろうか？　それに乗ってわたしたちは出発しなければならない。ほかに何が必要で、ほかに何を考えなくてはならないのだろう？　旅券は持たないと。わたしのパスポートはどこだっけ？　フランツのはアルギンから失敬しよう——それ以外の方法はない。お金はどのくらいあるかしら？　でもたしか国境を越えるときには十マルクしか持ち出せないはず。そのあといったいどうやって生きていけばいい？　リスカには、気に入らず、ほとんどはめたことのないダイヤモンドの指輪がある。もしも何が起こって何のためにそれが必要なのかを知ったら、彼女はわたしにそれをくれるだろう。指輪を持ち出せば、あとで売ることができる。リスカに、すべてを打ち明ける手紙を書くつもりだ。わたしの貯金通帳を指輪の代償として彼女に置いていく。アルギンの背広とコートもフランツのために持っていかなければならない。トランクを詰めなくちゃ。けれど誰かがあとでわたしがいないことに気づいたら、警察に届け出るかもしれない。リスカ宛てのメモをナイトテーブルに置いていこう。わたしは彼女に、また出て行かなくちゃ、恋をしたの、詳しくは後で説明する、と書くだろう。恋のことなら何でもリスカはわかってくれる。

ブレスラウアーにほかに何を聞かなければならないかしら、何だろう……。ハイニィがかれと話している。手がリスカの髪に置かれたままなのを忘れているようだ、リスカはおだやかでとてもしあわせそうに見える。彼女は手が離れてしまうのをおそれて、動こうとしない。

「もちろんここでのわたしの生活は地獄だ」とハイニィはまじめに冷静に語る、「だがいったいここから離れてどうすればいい？　金もなく、金を稼ぐ手段もない。神への信仰もなく、人間も信用できず、共産主義も社会主義も、つぎの数十年のうちの変化や改善も信じられないというのに。わたしは人間を愛した、押し寄せてくる人びとに残忍さを警告しようと、十年以上書きまくり、頭が空になるまで考えた。チュウチュウ鳴いて雪崩を止めようとするネズミのようだ。雪崩に襲われ、すべてが埋まってしまって、ネズミの声は嗄れてしまった。わたしはこっけいで年老いて、もう一度いちからやり直す力もその気もない。もっともはじめるチャンスなどもうないのだが。言わなければならないと思ったことは、わたしはじぶんなりの方法や言葉で発してきた。さらに言わなければならないことがあっても、わたしに代わって発言してくれる人がじゅうぶんいる。総じて言葉があふれかえっている時代に、誰かが思考し、沈黙したとしても、惜しくはあるまい。わたしは才気あふれる機知に富んだジャーナリストだった。ドイツの強制収容所からの叫び声が、つねに耳をつんざくように響きつづけるなかでは、われわれは、ここでも外国でも、才気あふれる機知に富んだジャーナリストではいられない。あまりに多くの残虐行為が行われた。邪悪な復讐の日がくるだろう、復讐は神々しいものではなく、さらに残酷で、さらに人間的で、さらに非人間的なものとなるだろう。そしてわたしが願うと同時にそれを望まない残忍な復讐に、ふたたびべつの残忍な復讐がつづくこととなる——いまドイツではじまったことは、絶望的で終わりが見えない。血がしたたる大観覧車をドイツはみずからのまわりに回転させ、さらに、ますますさらに、つぎの数十年をも転がしつづけ、観覧車の位置がちょうどいま上なのか、下なのかには、ほとんど関心がない。百年以上も前に詩人プラーテンは嘆いている、「なんとわたしはわが祖国に飽いていることか！」[72]とはいえ当時はまだ追放の身でも生きられた。だがいまではどうだ？　あわれな亡命者よ。すべての国がきみにとって、栗のようにつるつるでかたい皮に覆われていることだろう。きみはきみ自身にとって責め苦だろうが、ほかの人にとってはお荷物だ。きみが目にする屋根は、きみのために建てられたものではない。きみがそのにおいをかぐパンは、きみのために焼かれたものではない。そしてきみが耳にする言葉は、きみのために話されたのではない」。

＊

何を詰めればいい？　何でも必要だ、何も買えないだろうから。わたしたちはどうやって生きていくんだろう？　この古い青いドレスはここに置いていく。聖母の絵は持っていこう。絵を掛けることのできる部屋を借りられるかしら？　「きみが目にする屋根は、きみのために建てられたものではない……」。こわい、とても不安だ。わたしの部屋の窓の前にはモクレンの花が咲きはじめている、この地の春はとてもすばらしい。ベッドはやわらかくてあたたかい。ここでならわたしは横になって眠れるだろう、今夜、明日、毎夜でも。わたしの両手は小刻みに震え、膝は疲れすぎて麻痺している。気分がわるい、吐きそうだ。わたしは病気なんだ、熱がある、逃げることなどできない。呼び鈴の音かしら？　ひょっとしたらもう連中が、フランツを捕まえに来たのかもしれない。そうしたらわたしはここにずっといられる、わたしのせいじゃない、やれるだけのことをしたのだから、やれるだけのことを……。ああ、わたしはなんて最低で下劣なの。神さま、わたしの罪をお赦しください。フランツ、わたしはあなたを愛している。たがいに愛しあい、助け合うなら、すべてがうまくいく。もしかすると死ぬときも一緒かもしれない。そのほうがずっといい、ベティみたいに不機嫌に、さびしく、ひとりぼっちで生きていくよりも。とはいえわたしたちはまだ若いんだし、どうして死ぬはずがあるの？「誰？」すぐにトランクをベッドの下に隠す。心臓がはげしく鼓動する。はい、いま開けるから。「ゲルティ、あなたなの？」おやまあ、何があったの、なんて顔をしているの？　いままでゲルティはリスカの寝室で寝ていたはず。ああ、わかった――ディーター・アーロンが永久にいなくなってしまったのね。かれは母親に追い返されてしまった。アーロン夫人はまだこの場にいる、さっき彼女のことを見かけた。居間の隅に座り、彼女はばかな学生と一緒になってクラッカーの紐を引いていた。彼女ときたらいつも、爆発音がする前にもうきゃっきゃっと叫び声をあげるのだ。「かわいいゲルティ」。彼女が出ていってくれたらいいのに。彼女はわたしのベッドに腰を下ろし、泣きながら話す。ディーターと一緒ならどこへだって行ったのに、かれが彼女のそばにいてくれさえすれば、この世にこわいものなど何もない。「ザナ、でもあの弱虫ときたら、最低のいくじなし」。彼女はかれを憎んでいる。ディーターとともに人種恥辱の罪を犯したから、一緒に刑務所に行くとゲシュタポに手紙を書きたい。あるいはクルト・ピールマンと結婚して、ナチ、そして反ユダヤ主義者になるつもりだ。ゲルティはアーロン夫人を蹴飛ばし、平手打ちをくれてやり、ナチの総統の暗殺を実行する勢いだ。神さま、わたしにはもう誰かをなだめたり、なぐさめたりする時間はないんです。リスカが泣く、ゲルティが泣く、ベティが泣く。彼女たちはみな、じぶんの欲しい男が手に入らないと泣く。しあわせなのはわたしだけ、わたしにはフランツがいる、みんながうらやましがる、なんてありがたいんだろう、わたしは……。あれはいったい何？　クラッカーの音？　いや、クラッカーならあんな大きな音はしない。叫び声がする、誰かが走っている。「ゲルティ、ゲルティ、何が起きたの？」

居間の床にハイニィが横たわり、リスカがかれの上に被さり、かれの頭を支えている。なぜそんなことをしているの、みんなが見ているのに。全員揃っている、アルギン、ベティ、アーロン夫妻、そう、みんないる。驚きと恥ずかしさでめまいがしてくる。何かぞっとするようなことが起きたのだ、でも、それでも恥ずかしく思う。急にすべてがひどくおそろしく、あからさまで、いかがわしくなる。リスカに立ち上がってほしい。ろうそくが一本テーブルから転がり、絨毯の上で燃えつづける、火を踏み消さなくちゃ、さあ――でもわたしは動けない。誰か泣いているの？　ブレスラウアーはハイニィの横、しおれたバラの上にひざまずき、かれの目からは涙が流れているが、わたしは憎しみのあまり笑ってしまいたい。わたしは気が変になってしまった、そう、そうなのだ。踊りながら、笑いながら、歌いながら精神科病院まで行くだろう。フランクフルトの精神科病院はどこ？　わたしたちはいちばん大事なことはすこしも知らない。わたしは窓から踊り出て、踊りながら通りを横切るだろう、わたしは――お願い助けて、神さま、どうかわたしを助けて、フランツ。

紙テープがハイニィの頭のところでカサカサと音を立て、リスカの手には血が流れている。そこにあるすべて、そして全員が硬直して、色鮮やかな恐ろしい絵と化す。わたしたちは生きていない、書き割りにすぎない。ベティのうめき声も描かれている。彼女はアルギンの首に抱きついているが、かれはそれに気づいていない。重苦しい、物思いにふけった目でかれは、ほかの男の身体にかじりつくじぶんの妻を見ている。リスカは気が変になっている。生きている男を見捨てて、死んだ男を抱いている。ハイニィは死んだのだ、いまわかった。生きていたとき、ハイニィはリスカを欲しがらなかったけれど、死んでしまってもう抵抗することはできないからといって、リスカはかれをこんなふうに抱きしめてはならない。掃除婦のヴィンターさんも立ちすくみ、小声ですばやく報告する。「もうたくさんだ」とかれは言ったのだという、「わたしが少々祝宴の邪魔をしても、みなさんは許してくれる。そしていままさしく邪魔をしたい気分だ。一瞬たりとも待てない。今日はこれでおしまい、さらば」と。それからかれはリヴォルヴァーでこめかみを撃ち、とてもゆっくりしずかに倒れた。みんな最初のうち、かれが悪ふざけをしているのだと思った。

ハイニィは死んだ。フランツは石炭貯蔵用地下室で餓死しかけている。わたしが閉じこめたのだけれど、わたしにはもはやかれを出してやることができない、わたしは動けず、わたしは実在せず、絵に描かれている。神さま、空から火の爆弾を落として。そうすればすべて粉々になり、みんなが救済される。〈おおローズマリー、きみを愛している――かわいい人、心をゆだねておくれ……〉[73]。玄関ホールでは相変わらずグラモフォンがかかっていて、すぐにわたしも口ずさむ、すぐに――わたしはもう歌っているの？

呼び鈴が鳴る。わたしもみんなもそれを聞いた。そして教会から鐘の音が響く――鐘の音の数を数えよう、それからドアを開けよう。もしもフランツを捜索している警察だったら？　やつらにフランツは見つけられない、わたしが嘘をつくから。かれらを殺してやる。

一二時の鐘が鳴った。「そのままそこにいて、アルギン、わたしが開けるから。リスカを手伝ってあげて、ひとりじゃ立ち上がれない――ベティ、すぐにアルギンから離れて。アーロン夫人のところに行ってちょうだい、いまにも気を失いそう。ベアヴァルトさんには強心剤をあげてちょうだい、息が苦しそう」。

引きつづき呼び鈴が鳴る。「はいはい、すぐに開けますから」。ドアは施錠されていないので、わたしはドアノブを回して開けるだけでいい。落ち着いてうまく立ち回らなくてはならない。死にたくない。フランツが死ぬのもだめ。わたしはフランツと一緒に立ち去る、ここから出て行くのだ。

「こんばんは、お嬢さん、ここはじつに賑やかだね、百五十回は鳴らしたよ、わたしはあんたの兄さんを十二時に迎えに来ると約束したんでね、かれの出かける準備はできてるかね？」わたしにはわからない、何を言ってるの、誰だっけ？　でも警察ではなかった、警察ではない。ケルン訛りで話す、ハリネズミ頭の元気な年配の男性が言う、「見よ、幸いなのは神の懲らしめを受ける人……」。あの人だ、ジャン・キュッパースさんだ、数時間前にアルギンとボーゲナーのワイン酒場に一緒に座っていた。今日の七十歳の誕生日に、家族のもとを離れるつもりだ。「お誕生日おめでとうございます、キュッパースさん、どうぞお入りいただいて、おかけになってください、わたしは……」。わたしはどうするの？　トランクを詰めなくてはならない、リスカのダイヤの指輪を盗まなければならない、アルギンの背広、コート、それに旅券も拝借しなければならない。ハリネズミ頭の小柄な男が小さな段ボール箱を膝に載せて座っている。「ほかに荷物は必要ない、お嬢ちゃん。「よけいなものは捨てる」というあんたの兄さんの言葉が気に入ったんだ。放浪し、酒を飲み、眠り、それ以外、世界のことなんてくそ食らえだ。なんだか若返った気がする」。わたしは三年前から百マルク札を持っているが、それはここには置いていかない。これはわたしの百マルク札だ。

「ああ、アルギン、キュッパースさんがちょうどいま来たところ。約束したって言っている、一緒に放浪するつもりだとか、モーゼル川のほうに向かって……」。この百マルク札をものすごく小さくたたんで、それを――使い古しの歯磨きチューブに隠そう。お札は汚れて酷い外見になるだろう、いまはこんなにきれいな新札なのに。でもそうしなければならない、うまくやらなければならない、抜け目なく――もうこれ以上は無理、列車の発車時間はいつ？　歯磨きの金属チューブの下を開いて、札を差しこみ、それからふたたびチューブの下をくるくる巻いて閉じ、わたしの洗面用具入れにしまう。偉大な百マルク札がこんなふうにみじめったらしく旅しなければならないとは、まったく変な気がする。けれどわたしたちは生きるのだから、フランツ。かれは死んだ。もう石炭貯蔵用地下室で死んでいる。かれのことを忘れていた、わたしときたら、逃走のことしか考えていなかった。トランクにはパンも入れなくてはならない、肉も入れよう、見つかる食べものはすべて詰め込まないと。フランツは食べる、フランツは生きていくのだ。

それからざわざわと音を立てて何かがわたしのそばを通りすぎていき、わたしのまわりはあわただしくなる。「友人の死にショックを受けているのがおわかりになりませんか、申し訳ありませんが、アルギンはもうご一緒できません」とベティ・ラフは言う。「すこし横になったら、アルギン、バレリアン[74]の錠剤を飲んで、お願いだから——すこし気分が落ち着くから」。そしてベティはアルギンを図書室に連れていく。かれはされるがままになっている。

「彼女がかれを捕まえた」とキュッパースさんは言う。「そいつは残念。あるいはそうでもないかもしれん。約束を守れない、それも自身と交わした約束すら守れない男が何だっていうんだ。お元気で、お嬢ちゃん。あんたは誠実そうに見える、ほんとうにそうだといいなあ。誠実な人がしあわせとはかぎらない、けれど不誠実な人はいまいましく、けっしてしあわせではないからね。あんたには大切な人がいるのかね、恋人がいるのかね？　人間かね？　それなら神に感謝なさい、かれの味方でいなさい、かれに誠実でありなさい。誠実さは女たちを不幸にすることもあるが、不実は女たちを絶望させる。この家には亡くなった人がいる、そいつはどこだい？　死者のための祈りを唱えたい、そうしたらひとりでどこかに行こう。七年ごとに人は生まれ変わるんだ、わたしの気持ちは若々しい。死者はどこかね？」

＊

リスカ、死んだハイニィにしがみついていたときのあなたを憎んだことが恥ずかしい。リスカはわたしの部屋に座っている。トランクはドアの前にあるけれど、どうか誰もそれを盗まないで。リスカの顔はすっかり生気を失っている。「逃げなくてはならないの、リスカ、どうか誰にも言わないで、あなたのダイヤの指輪を失敬したけど、わたしの貯金通帳はあなたにおいていく」「どうして逃げなくてはいけないの、ザナちゃん？」「そうしなきゃならないの、リスカ、聞かないでちょうだい、明日手紙を書くから」「持っていきなさい」とリスカは言い、ルビーのイヤリングを渡してくれる。「生きているうちにわたしはもう一度しあわせになれるかしら、ザナちゃん？　かれは死んでしまった。どうしてこんなに愛してたのか、まだぜんぜんわからない。わかっているのは、わたしが愛していたってこと」「リスカ、あなたはまた誰かを好きになる」「ほんとうにそう思う？」ええ、もちろんそう思う。彼女の心はとっちらかっていて、どんな男も彼女の心を落ち着かせることができなかった。わたしが男だったらよかったのに。「さっさと行きなさい、ザナちゃん、消息を知らせてね。わたしはひとりではうまくやっていけないのに。わたしはアルギンを見捨てて、ベティにゆだねてしまったから、ここを出て、ぬいぐるみを作らないと。ハイニィは死んでしまった。かれから愛の言葉をひと言でも聞くために、わたしはじぶんの手で片目をえぐり出してもいいと思っていたのに。もうかれは死んでしまった、目を抜き取らなくてよかったと思ってることすっかり絶望している。元気でね、ザナちゃん、さあ行きなさい」。

＊

「アルギン、お願いだから上着を脱いでくれない？　ここはとても暑くて風邪を引いてしまうから」。アルギンの上着に入っているパスポートが必要だから、上着を手に入れないと。「かわいそうな、でもすばらしい人」とベティは言い、アルギンにお茶を飲ませる。かれは言葉を飲み込み、お茶を飲む。リスカはかれの家を出るだろう、そしてぬいぐるみを作って生活をしていくだろう。ベティはアルギンと結婚するだろう。「圧倒的な冷たさ」とハイニィはベティのことを呼んだ。

＊

わたしたちが夜を列車で駆け抜けると、すべての灯りが揺れながらついてくる。わたしの頭はフランツの膝の上。わたしはほんとうのわたしよりも弱く見えるようにしなくてはならない、フランツがじぶんの強さを感じ、わたしを愛することができるように。

フランツ、疲れちゃった。かれの手がわたしの顔に触れると、わたしはしあわせを感じる。わたしはかれを石炭貯蔵用地下室に閉じこめた。連れ出しにいったとき、かれは死んでいなかった。もしかすると憎しみや怒りを覚えたかもしれないし、もしかすると重苦しくてみじめな気持ちで投げやりになっていたかもしれない。フランツが死んでいなかったことは、わたしにとってじゅうぶんな愛の証だ。

国境とは線なのだろうか。国境って何？　わたしには理解できない。列車が止まる、これが国境だ。

男たちがやってきて、トランクを開け、探す——国境とはおそれを抱くこと。

列車はふたたび走りはじめる、わたしの百マルク札が走る、フランツが走る、すべてが一緒に走る、ただ、おそれだけは道連れではない。これで国境はおしまい。

こうしてわたしは、夜という疾走する暗青色のベッドに横になる。フランツ、すべてはうまくいくよ、よかった、わたしたちは助かった、わたしたちは生きていける。

「きみが目にする屋根は、きみのために建てられたものではない。きみがそのにおいをかぐパンは、きみのために焼かれたものではない。そしてきみが耳にする言葉は、きみのために話されたのではない」。

フランツの腕がわたしを抱きしめると、その呼吸はあふれる愛となる。列車は線路の上を走らず、幸福の海の上を浮遊している。

座席はひどくかたく、座り心地もわるいけれど、あなたがわたしのそばにいる。もう眠ろう。目を覚ましたら、わたしたちには力が必要だ。どんよりとした霧のなかをまだ星が輝いている。神さま、明日は太陽が出ますように。

注

1 ナチは「世界観」という語を人種、性格、運命によって規定された価値体系という意味で好んで使用した。

2 ここで用いられている「軍人種族（militärische Rass）」という語には、「人種（Rasse）」という語が含まれている。

3 ここで言及されている総統（ヒトラー）のフランクフルト来訪は一九三六年三月十六日。

4 ワイマール共和国時代には禁止されていた一般兵役義務は一九三五年三月に再導入された。

5 当時のナチ党の指導理念「血と土」を皮肉っている。血は民族を、土は故郷を意味する。ナチ政権下では、ワイマール共和国とベルリンに代表される都市文化が同一視され、「本来」ドイツ的なものや古くからの価値観の失われた堕落した場所として、大都市は非難された。その一方で、ナチ時代、ヒトラーがドイツ各所に自動車専用道路「アウトバーン」を建設したことは周知の通りである。

6 「大管区（Gau）」はナチ党の管轄地域の上位区分、「大管区長官（Gauleiter）」は「大管区」のトップ。

7 「家屋管理人（Hauswart）」はナチの権力者から任命を受け、集合住宅などの住人の監視を行った。

8 一九三三年秋からナチ政権は民族共同体というイデオロギーを喧伝するために、その具体的な政策として、国家主導の「冬期貧民救済事業（Winterhilfswerk）」を開始した。

9 一九一八年に結成された、反共和国の立場をとる在郷軍人団体。

10 一九三三年二月から五月にかけて、ドイツ学生協会（Deutsche Studentenschaft）、ドイツ文化闘争同盟（Kampfbund für deutsche Kultur）、およびベルリンの図書館司書ヴォルフガング・ヘルマンらによって、図書館から除籍すべき図書の「ブラックリスト」が作成された。この非公式なリストに基づき、同年五月十日、ドイツのさまざまな大学で焚書が行われる。このブラックリストにはコインのワイマール共和国時代の作品も含まれていた。(Vgl. Hiltrud Häntzschel: Irmgard Keun. Reinbek bei Hamburg: Rowohlt Taschenbuch. 2001, S. 52)

11 フランクフルト・アム・マインの繁華街。

12 ここではゲルマン民族で非ユダヤ人のこと。

13 反ユダヤ主義の週刊新聞(一九二三〜一九四五)。

14 ラガービールのこと。

15 一九三五年九月十五日に公布された「ライヒ公民法」と「ドイツ人の血と名誉を守るための法律」(いわゆる「ニュルンベルク法」)は、すべてのユダヤ系ドイツ人から公民権を奪うとともに、その際、「人種の純粋性」の観点から、ユダヤ系ドイツ人をそれぞれ異なる「等級」に分類し、ドイツ人とユダヤ人の間に生まれた子どもを「第一級混血」「第二級混血」のように分類している。これに対して著者は、この個所ではドイツ人を「第一階級」、ユダヤ人を「第三階級」とザナに「等級」と「階級」(社会的身分)を取り違えさせることで、ナチの人種的な表現を皮肉っている。

16 「ドイツ人の血と名誉を守るための法律」では、ユダヤ人とドイツ人の婚姻・婚姻外性交渉を禁止した。

17 一九三五年六月二十八日付「刑法典改正の原則」によって「健全な国民感情」は公式の法律用語として採用され、「健全な国民感情」に照らし合わせて、処罰を下すことが可能になった。ただしじっさいには一九三三年からすでに「健全な国民感情」は刑罰の法的根拠として用いられていた。

18 ここでは「完全なユダヤ人(vollkommener Jude)」という表現が用いられているが、ニュルンベルク法での定義「完全ユダヤ人(Volljude)」を意識しているのだろう。

19 「劣等な(minderwertig)」という語は、たんに「劣っている」という意味だけではなく、「民族衛生学(Rassenhygiene)」(優生学)における遺伝と結びつけた使用法が意識されている。ナチ時代、精神疾患は劣った遺伝子によるものとして、「遺伝病子孫予防法」によって強制断種が行われた。

20 「報道関係者主催のダンスパーティー(Presseball)」は、有名政治家や著名人が参加するイベントとして知られていた。

21 ナチズムの歴史において「闘争の時代」とは、一九一八年から一九三三年までのナチが権力を掌握する以前の時代を指す。
22 グランドカフェ・エスプラナーデは一九三八年までユダヤ人客が出入り可能だった。
23 ヒトラー著『わが闘争』第一巻一九二五年、第二巻一九二六年出版。ヒトラーの思想、世界観が記され、ナチ時代は一種の聖典のようにみなされた。
24 突撃隊員ホルスト・ヴェッセルの書いた詩に、既存のメロディを付けた歌が、ナチ党の党歌として歌われた。ナチ政権下では第二の国歌のような扱いを受けた。
25 ナチによる支配の名称として「千年王国」がしばしば用いられた。
26 仮装したカーニヴァル参加者の代表者のこと。
27 ヴェルナー・フォン・ブロムベルク（一八七八～一九四六）。一九三三～一九三八年国防大臣、一九三六年には陸軍元帥に。ブロムベルクは一九三六年三月十六日のヒトラーのフランクフルト・アム・マイン来訪に随行。
28 ヘルマン・ゲーリング（一八九三～一九四六）。一九二二年にナチ党に入党し、一九二三年ヒトラー一揆に参加。一九三三年にヒトラー内閣に入閣、ゲシュタポの創設、航空相などを務める。ゲーリングは派手好みで、奇抜な制服姿でも有名だった。
29 ヒトラーを写したプロパガンダ写真は、入念な準備が施されていた。
30 ヒトラーはワーグナーを崇拝し、バイロイト音楽祭にも定期的に足を運んでいた。）
31 マレーネ・ディートリヒ（一九〇一～一九九二）。ドイツの映画スター。『嘆きの天使』への出演で一躍スターとなり、一九三〇年代初めにハリウッドに渡る。反ナチでも知られた。
32 レニ・リーフェンシュタール監督『信念の勝利』（一九三三）、『意志の勝利』（一九三五）などの一連のプロパガンダ映画を示唆しているものと思われる。
33 ロベルト・ライ（一八九〇～一九四五）。解散させられた労働組合に代わって組織されたドイツ労働戦線の初代リーダーではあったが、大臣ではなかった。粗野なことで知られていた。
34 タウヌスはドイツ、フランクフルト・アム・マインの北西、ヘッセン州とラインラント＝プファルツ州にまたがって位置する山地。

35 「花火（Feuerwerk）」には「花火」から転じて「熱狂的な演説」という意味もある。

36 公衆トイレや飲食店、デパートのトイレの掃除婦。トイレの出入り口にいて、利用者から使用料を徴収する。

37 一九三三年十一月二十四日制定の「危険常習犯罪者取締法」によって「性犯罪者」の強制去勢が可能となり、一九三五年七月二十六日改定の「遺伝病子孫予防法」により去勢（断種）の対象は当時遺伝すると考えられていた知的及び精神障害のある人たちから「変態性欲」をもった男性にまで拡げられた。

38 「職務管理人」とはドイツ労働戦線の幹部。

39 「街区管理人」とはドイツ労働戦線の下部組織、歓喜力行団の街区の責任者のこと。

40 二八頁のオペラ座広場のイベントでは、クルムバッハは突撃隊員《SA》という設定になっている。

41 「歓喜力行団」はドイツ労働戦線の下部組織で、労働者の余暇活動を促進した

42 アルフレート・ローゼンベルク（一八九三～一九四六）は初期のナチ党員で、神秘主義、似非科学とイデオロギーをない交ぜにした『二十世紀の神話』（一九三〇）を発表した。

43 ヘルダーリン（一七七〇～一八四三）はドイツの詩人。

44 ザールラントは、ドイツの第一次世界大戦での敗戦後、国際連盟の統治下にあったが、一九三五年三月一日に実施された住民投票の結果、ドイツに復帰することとなった

45 コインは一九三三年から一九三六年のあいだに、同様の実験をケルンの居酒屋で行ったといわれている。

46 アメリカの革命家トーマス・ペイン（一七三七～一八〇九）を主人公とした、ハンス・ヨースト作、歴史劇『トーマス・ペイン』（一九二七年初演）。この作品でペインは悲劇の英雄的指導者として描かれている。ヨーストは一九三二年からナチ党員で一九三五年からナチの文芸団体、帝国著述院の総裁。『トーマス・ペイン』は一九三五年十一月十八日、帝国文化院の年次大会を記念して、ベルリンの国立劇場で新たに盛大に上演された。

47 「赤色戦線」は一九二四年に共産党によって設立され、一九二九年に禁じられた赤色戦線戦士同

盟のメンバー間のあいさつ。

48 映画『Du kannst nicht treu sein（あなたが変わらぬ愛を誓うのはむり）』（一九三六年、監督フランツ・ザイツ）の挿入歌。ただしこの歌自体は一九三二年末から歌われ、一九三五年以降、流行した。

49 「伯爵と乙女の歌（Lied vom Grafen und der Magd）」はドイツの民衆に伝承されてきたバラード。

50 ハンガリー風のパプリカ入りの肉シチュー。

51 一九世紀より「ヘップ、ヘップ（Hep! Hep!/Hepp! Hepp!）」は反ユダヤ主義のかけ声として広まっていた。

52 一九三三年四月七日に制定された「職業官吏再建法」の「アーリア条項」によってユダヤ人の医師が公務に就くことが禁じられていた。

53 一九一八年に発足した右派政党。ドイツ国家人民党は、一九三三年ナチ党と連立政権を組んだが、同年自主解党を余儀なくされた。

54 吟遊詩人のタンホイザーはヴェーヌスベルクにいるヴェーヌス（ヴィーナス）の誘惑から逃げ出し、悔い改めのためにローマへ巡礼するが、教皇による改悛は認められない。しかし教皇の杖に芽が出たことで、赦されたという伝説がある。オペラ『タンホイザー』はヒトラーの心酔するリヒャルト・ワーグナーの作品。

55 ナチ政権下で、作家として作品を発表するためには、帝国著述院のメンバーでなければならなかった。

56 コインは亡命作家たちが歴史小説を執筆することに批判的で、作品にはアクチュアルなテーマを取り上げるべきと主張していた。

57 「帝国娼家院」は実在せず、ここでは帝国著述院などにならい、ハイニィが茶化して言った。

58 反ユダヤ主義のナチの風刺雑誌（一九三一～一九三八）。

59 ナチの週刊グラフ雑誌（一九二六～一九二六）。

60 キリスト教の復活祭の前に行われる悔悛の聖節。四旬節の初日。カトリックでは司祭が灰の水曜日にざんげの印に額に灰で十字架のしるしをつける。

61 「朝の蜘蛛は悲しみと心配をもたらし、夕方の蜘蛛は人を爽快にし、休ませてくれる」という意のことわざ。

62 国防軍に愛唱されていた狩猟の歌「森のなか、緑の森のなかで（Im Wald, im grünenWald）」のリフレイン部分。

63 「別れの歌」あるいは「ムシデン」としても知られるドイツ民謡。

64 旧約聖書「ヨブ記」五・一七～一九。聖書新共同訳、日本聖書協会、二〇〇四年。

65 「リング協会」は一九世紀末に前科のある犯罪者によって結成された犯罪者組織。一九三四年、ナチによって禁止された。

66 一九三五年にヒットしたタンゴ「きみの窓をたたく雨のしずく（Regentropfen, die an dein Fenster klopfen）」より。

67 ここで言われているのは一九三三年四月一日にドイツ全土で組織的に実行された、ユダヤ人の経営する商店やオフィス、ユダヤ人医師や弁護士へのボイコット運動のこと。その際、暴力による攻撃も行われた。

68 ここで言う「三羽がらす」とは、もともとはケルンのカーニヴァルのシンボルである「王子」、「農夫」、「乙女」のこと。おそらくヒトラー、ゲーリング、ゲッベルスのことを茶化してカーニヴァルの象徴的人物にたとえている。

69 「今日の午後」と言うのは、ザナあるいは著者コインの勘違い。小説の設定では前日。

70 ドイツの酒宴の歌からの一節。

71 酒宴の歌「われわれはこのように生きる、われわれはこのように生きる、わたしたちは毎日このように生きる」を逆説的に書き換えたもの。フーゴ・バル（一八八六～一九二七）が一九一六年に反戦の詩の冒頭に記した。

72 プラーテン（一七九六～一八三五）。ドイツの詩人。晩年をイタリアで過ごした。

73 一九二四年初演のオペレッタ『ローズマリー（Rosemarie）』で歌われた曲の一節。この曲は一九二七年にヒットした。

74 吉草根《きっそうこん》。根に含まれるオイルには神経を落ち着かせる作用がある。

著者イルムガルト・コインと『この夜を越えて』について

田丸理砂

一九三六年五月五日付の手紙のなかで、イルムガルト・コインは、米国にいる恋人に報告する。

いとしいあなた、大急ぎで書きますね。すごく幸せ(くわばらくわばら)、まだ信じられない。昨晩オステンデに到着しました。もうナチはいない。連中のもとでどれほど耐えなければならなかったことか。〈中略〉三度も家宅捜査が行われた——詳しいことはいずれ書きますね。もう書けるのだから。すばらしい出版社とも契約しました。ピュンクトヒェン(*小さな点の意味、ユダヤ人のことを指すコインの隠語)だらけで、わたしが唯一のアーリア人。つづきはまたあとで。[1]

一九三三年春、ナチ政権下のドイツで、コインのベストセラー小説『ギルギ——わたしたちのひとり』(邦訳タイトル『オフィスガールの憂鬱——ギルギ、わたしたちのひとり』)『偽絹の女の子』(邦訳タイトル『人工シルクの女の子』)が非公式のブラックリストに掲載される。その後、彼女の作品はドイツ各所で押収破棄され、一九三四年十月三十日には、帝国著述院によってこれらの作品の販売および貸出禁止が言い渡される。この間コインは新聞や雑誌に短い文章を書いて、なんとか糊口を凌いでいたが、一九三五年十月に帝国著述院による最初の「有害および不適切な図書リスト」にコインの上記二作品が挙げられたことで、彼女のドイツにおける作家活動は事実上不可能となる。とはいえ、こんなことくらいでイルムガルト・コインはへこたれない。同年十月末に彼女はベルリンの州裁判所に作品の押収で被った損害に対する賠償の訴えを起こし、却下され、十一月末には「有害および不適切図書リスト」への記載による損害賠償請求をするも、ゲシュタポから拒絶される。それを受けて、翌一九三六年一月、ドイツでの執筆活動の可能性を探るべく、今度は帝国著述院に公式に受け入れを申請するが、（当然のことながら）四月一日に彼女のもとに拒否の回答が届く。この結果を受けてついにコインもドイツ国外に出る決意を固める。一九三六年四月十一日、当時フランクフルト在住だったコインは、秘密裏にアムステルダムの出版社、アラート・デ・ランゲと契約を結んだ。同社には、一九三三年からドイツ語圏亡命作家の書籍を刊行するドイツ語部門が設置されていた。そして彼女は一九三六年五月四日にドイツを去り、冒頭の手紙にあるように、ベルギーのオステンデに到着したのだった。

著者イルムガルト・コインについて

イルムガルト・シャルロッテ・コインは一九〇五年二月十一日、ベルリンの輸入商社ルードルフ・クローネンブルクの幹部社員エドゥアルト・フェルディナント・コインと、その妻エルザ・シャルロッテ・コインの第一子としてベルリンのシャルロッテンブルク地区に生まれた。一九一三年にエドゥアルトがクローネンブルクにケルン・ガソリン精製有限会社の経営を任せられると、一家は、一九一〇年に生まれたイルムガルトの弟ゲルトとともにベルリンからケルンへと移り住んだ。

ワイマール共和国時代

一九二一年に女子高等中学校を卒業したコインは家事一般、タイプ、外国語を習い、すこしのあいだ速記タイピストとして働いた後、ようやく父から許しを得て、かねてからの念願であった演劇の道に進む。一九二五年秋にケルンの演劇学校に入学、一九二七年夏に二年間の養成課程を修了すると、彼女はいくつかの劇場と出演契約を結ぶが、やがてみずからの才能に見切りをつけ、一九二九年夏にはケルンの両親のもとに戻った。

演劇をあきらめたコインは、一九二九年頃から執筆をはじめたようだ。作家アルフレート・デーブリーンとの出会いが、作家修業中の彼女を勇気づけた、と後にコインは語っている。一九三一年一月にデーブリーンは朗読会でライン地方を訪ねた際に、コインと知りあう。彼女はデーブリーンにケルン旧市街を案内することとなるが、彼女の話のおもしろさに感心したデーブリーンは（コイン曰く）「あなたの話術のもつ半分の力でも書ければ、つまり物語り、観察することができるなら、あなたはこれまでのドイツで最高の女性作家になるでしょう」と言ったのだという。[2] そして一九三一年十月、ベルリンの出版社ウニヴェルジタスから、コインのデビュー作『ギルギ――わたしたちのひとり』が上梓された。

『ギルギ――わたしたちのひとり』（以下『ギルギ』）は、一九二〇年代終わりのケルンで働く二十一歳の速記タイピスト、ギルギが主人公である。現実的で独立心旺盛な彼女は現状に満足せず、みずから人生を切り拓いていく勇敢さをもっている。しかし世界を放浪するマルティンとの恋愛にのめりこむうちに、ギルギはこれまでの自分を見失い、失業し、やがて妊娠に気づく。困窮する友人からの助けの求めに応えられず、その後、友人一家が一家心中を図ったことに罪悪感を覚えたギルギは、恋人に妊娠の事実を告げぬまま、ひとりで子どもを産むことを決意し、ベルリンに旅立つところで物語は終わる。

『ギルギ』は無名の新人のデビュー作としては異例の成功をおさめる。一九三二年には社会民主党の機関紙『前進』で連載され、女性党員の獲得を目指す党は、同紙で定期購読者の女性を対象に『ギルギ』を題材とした懸賞を企画している。またこの年には、『ギルギ』は、『わたしたちのひとり』という題名で映画化もされた。主人公ギルギを演じたのは『メトロポリス』でマリアを演じた、当時の人気女優ブリギッテ・ヘルムである。

デビュー作『ギルギ』の発表から約半年後の一九三二年春、第二作目でコインの代表作の『偽絹の女の子』が出版された。一九三一年夏にはじまる物語は、ある中都市の法律事務所で速記タイピスト、十八歳のドーリスの日記形式で語られている。小説の舞台は途中でベルリンに変わり、ドーリスは映画スターを目指すもののうまくいかない。当初は華やかに見えた大都市も、やがて大恐慌後の厳しい現実を彼女に突きつけてくる。映画スターへの道も遠のき、娼婦すれすれの生活をしながら生き延びるも、本作の最後ではドーリスは行くあてもなく途方に暮れている。

『偽絹の女の子』には、当初よりアメリカの作家アニタ・ルースのベストセラー小説『紳士はブロンドがお好き』からの影響が指摘されていた。『紳士はブロンドがお好き』がドイツの人気女性雑誌に掲載されていたこと、大都市（ニューヨーク、ベルリン）に住む現代的な女性主人公による日記形式であったことを考えると、おそらくその推察は間違いないだろう。『偽絹の女の子』はドイツ国外でも評判が高く、ヨーロッパ各国の言語に翻訳された。

一九三二年十月、コインは二十三歳年上の演出家で作家のヨハネス・トゥラロウと結婚する。同じ年の春に『偽絹の女の子』を発表し大成功を収めたコインは、このときドイツでもっとも注目を集めていた女性作家のひとりだった。七月に二番目の妻と離婚したばかりのトゥラロウは、演出家として芽が出ず、多額の借金を抱えていた。かれはコインの成功に便乗して、みずからの作家としての地位を確立したいと思っていたようだが、結局はうまくいかなかった。一方コインは、結婚から半年後の一九三三年春、ベルリンでユダヤ人医師アルノルト・シュトラウスと知りあう。コインの過度なアルコール摂取を心配した友人が、かれを紹介したようだ。シュトラウスはその頃、ユダヤ人という出自ゆえに、勤務先の病院から解雇されていた。ふたりは出会ってすぐ恋愛関係に陥り、ひそかに結婚を誓う。その後一九三五年、シュトラウスは合衆国に移住する。解説冒頭の手紙は、ヨーロッパにいるコインから、アメリカのシュトラウスに宛てたものだ。

ナチ時代／亡命時代

一九三三年一月にヒトラー率いるナチ党が政権を握ると、コインを取り巻く状況は一変する。コインの作品は「アンチ・ドイツ的傾向のアスファルト文学」とみなされ、禁書リストに挙げられた。ナチ政権下のドイツで執筆活動を続けることは困難となり、コインは作家として生きていくために外国への亡命を決意し、一九三六年五月四日、亡命先のベルギーのオステンデに到着した。

一九三六年七月には、すでに契約を結んでいたオランダの出版社アラート・デ・ランゲから『子どもたちが遊ぶのを禁じられた女の子』が出版される。アラート・デ・ランゲのドイツ語部門の責任者は、かつてベルリンの出版社グスタフ・キーペンホイアーの編集者だったヴァルター・ランダウアーとヘルマン・ケステンである。

オステンデでコインは多くのドイツ語圏亡命作家と知りあう。ケステンやエーゴン・エルヴィーン・キッシュとはとくに親しかった。一九三六年夏、コインはキッシュからヨーゼフ・ロートを紹介される。コインとロートは出会ってすぐに一緒に暮らしはじめ、一九三八年一月に別離するまでの約一年半をともに過ごすことになる。

ふたりの飲酒癖は友人たちのあいだでは有名であったが、ロートからの侮辱や癇癪に苦しめられながらも、かれとの生活はコインにとって刺激的だったにちがいない。コインによると、ふたりはいつも同じテーブルにつき、競いあうように書いていたのだという。ロートはコインがかれの物語に耳を傾けるのをとてもよろこんだ。とはいえ両者の関係はかならずしも対等とは言えず、ロートが文学について語る相手はもっぱらケステンだった。ロートとの共同生活のなかでコインは小説『この夜を越えて』を完成させる。

『この夜を越えて』は元々アラート・デ・ランゲから出版される予定であり、刊行に先立ち一九三六年十月二十五日から『パリ日刊新聞』でも連載がはじまり、好評を博していた。しかし小説の内容を知ったアラート・デ・ランゲの取締役フィリップ・ヴァン・アルフェンは、隣国ドイツからの圧力をおそれて、コインとの契約を一方的に打ち切る。結局、その年の暮れにアムステルダムの別の出版社クヴェリドが出版を引き受け、一九三七年初めに『この夜を越えて』は刊行された。クヴェリドのドイツ語部門の責任者はグスタフ・キーペンホイアーの前取締役フリッツ・ランツホフだった。コインがこの後に出した亡命時代の二作品『急行列車三等車』『すべての国の子ども』も同社から上梓された。ところで、オランダのふたつの亡命出版社、アラート・デ・ランゲとクヴェリドで働く編集者たちはベルリンの出版社の元同僚たちで、かれらのあいだには頻繁な交流があった。クヴェリドはまた、一九三三年十月から一九三五年八月まで、クラウス・マン編集による政治色のつよい亡命文芸雑誌『蒐集』の発行元でもあった。

一九三七年六月二十五日にコインとトゥラロウの離婚が成立する。一九三七年三月二十二日付のトゥラロウによる離婚の訴えには理由として、コインの亡命、彼女にドイツ帰国の意志がなく、帝国著述院の執筆禁止を無視しアムステルダムの悪名高い出版社から本を出版したこと、現在の国家に対するたび重なる侮辱的な発言、飲酒癖、ユダヤ人の作家ヨーゼフ・ロートと行動をともにしていることなどが挙げられている。トゥラロウの訴えは認められ、離婚の非はコインにあるとされた。とはいえこのトゥラロウという人物は、きわめて怪しげな人物で、ナチ時代には親ナチの態度をとっていたかと思うと、戦後にはファシズムに抵抗した作家として東ドイツ文学界の幹部にまでのぼりつめている。

一九三六年十一月から、コインはロートとともにブリュッセル、チューリヒ、ウィーン、リヴィウへと旅行する。一九三七年三月にはオーストリア、ポーランド、ブリュッセルを訪ね、四月、五月はザルツブルクに滞在している。一九三七年の大晦日をふたりはパリで過ごしたが、一九三八年一月にコインとロートの関係は完全に決裂する。ロートとの旅行をもとに執筆されたのが一九三八年十二月に発表された『すべての国の子ども』である。ドイツの反体制作家とその家族の亡命生活がひとり娘の視点から語られる物語には、コインがロートと訪ねた場所の多くが登場する。そのすこし前の一九三八年四月には、ベルリンからパリへ向かう列車のコンパートメントで同席した人びとを描いた『急行列車三等車』が刊行されている。

ところでロートとの旅行中もコインは合衆国にいる婚約者シュトラウスとの手紙のやりとりをつづけ、電報を送っては金を工面させる一方で、彼女自身は一向に婚約者のもとに行く気配を見せない。ロートとの別離後の一九三八年五月、コインはようやくアメリカに恋人を訪ねる。ふたりが直接会うのは三年半ぶりだった。そして七月にコインがヨーロッパ（オランダ）に戻ると、その後ふたりは二度と会うことはなかった。

一九三九年九月一日、ドイツによるポーランド侵攻により第二次世界大戦がはじまる。一九四〇年八月十六日の『デイリー・テレグラフ』は、ドイツの作家ヴァルター・ハーゼンクレーヴァーとイルムガルト・コインの自殺を伝えた。しかしそのころ当のコインは、ドイツで潜伏生活を送っていた。一九四〇年五月にドイツ軍によるオランダ攻撃がはじまるとまもなく、彼女は偽名の旅券でドイツに戻っていたのだった。彼女の潜伏生活は一九四五年にドイツが敗戦を迎えるまで続いた。

戦後

一九四五年五月、ドイツは無条件降伏し、戦争は終わった。弟のゲルトは一九四三年に東部戦線で戦死していた。戦後コインは両親とともに、爆撃を受け半壊状態の自宅に住みつづけていた。ようやく彼女が昔の友人たち、ケステン、ランツホフ、デーブリーンたちに連絡をとると、かれらのほとんどは先の報道により、コインは戦争中に死亡したと思っていた。

一九四六年から一九四八年にかけてコインは北西部ドイツ・ラジオ局からの依頼で、戦後のドイツを風刺的に描いたラジオドラマ『ヴォルフガングとアガーテ』を手がけている。またこれと同時期に彼女は、最後の長編小説となる『フェルディナント、心やさしい男』（一九五〇年）の執筆をはじめている。

この小説では戦後間もないドイツの様子が元帰還兵のフェルディナントの視点からシニカルに描き出されている。フェルディナントのまわりの人間は戦後の混乱を生き抜くのに必死で、かつてのナチ支持者は、今ではそれとは無関係であったかのようにふるまっている。こうした節操のないさまにフェルディナントは適応できず、いつの間にか周囲から取り残されていく。

戦後コインはそのほかにも、『亡命時代の光景と詩』(一九四七年)、『いたずら小道具』(一九五一年)、『わたしたちがみな善良だったら』(一九五四年)、『神経症が花盛り』(一九六二年)を発表している。これらの作品にはコイン特有の風刺的センスは認められるものの、かつてのような活きのよさを欠き、これらが注目されることはなかった。一九五五年にはケルン在住の、後のノーベル文学賞作家ハインリヒ・ベルとの往復書簡が企画されるが、結局計画は頓挫する。この間にコインのアルコール依存症は深刻さを増し、しだいに彼女は世間から忘却されていった。

私生活ではコインは一九五一年にひとり娘のマルティーナを出産(娘の父親は不明)。一九五五年には父を、一九六二年には母を亡くしている。母が死去したとき、コインはアルコール依存症のため病院で療養中だった。一九六六年に両親と住んだ家を売却し、彼女はふたたびボンの州立病院の精神科に入院する。そして一九七二年に知人の息子ゲルト・ロロフに発見されるまで、じつに六年間を彼女は病院で過ごすこととなる。

ロロフは、まずケルン在住の作家ヴィルヘルム・ウンガーとハインリヒ・ベルにコインへの援助を求めた。しばらくしてかれは雑誌『シュテルン』にも働きかけ、一九七六年には当時同誌で連載中だった、ユルゲン・ゼールケによる亡命作家たちを扱ったシリーズにコインが取り上げられた。また作家コイン自身への関心に基づくものではないが、一九七一年に上梓されたデイヴィッド・ブロンセンによる『ヨーゼフ・ロート　ある伝記』のなかで、著者ブロンセンによるコインのインタビューがたびたび引用されている。

　ところで一九三六年にオステンデで知りあったコインとケステンとの交友関係は戦後もずっとつづいていた。困窮した生活を送るコインのために、一九七五年、ケステンはペンクラブにコインへの経済的援助を働きかけ、みずからも送金している。

　『シュテルン』の記事が契機となり、コイン再発見の気運が高まる。一九七九年にはクラッセンがコインの全作品の再刊行を開始。コイン、そして彼女の作品は、当時盛んになってきた亡命研究やフェミニズム文学研究にもインパクトを与え、フェミニストたちのなかにはコインのヒロインにフェミニズムの端緒を見いだすものもいた。もっともコイン自身は彼女を評価するフェミニズムの動きに対しては距離をとった態度を示していたが、しかしこうした新しいうねりなしには、現在のコインの評価はありえなかっただろう。

　一九八一年十一月、コインはインゴルシュタット市の文学賞「マリールイーゼ・フライサー賞」の最初の受賞者となる。フライサーもコイン同様、第二次世界大戦後にはほとんど忘却され、一九七〇年代に再評価された女性作家である。

　九八二年五月五日、イルムガルト・コイン死去（享年七十七歳）。晩年コインは周囲に『現在この番号は使われていません』[3]というタイトルの自伝を執筆中だ、と繰り返し語っていたようだが、彼女の死後、わずかな手書きのメモのほか、原稿のようなものはいっさい見つからなかった。

『この夜を越えて』について

『この夜を越えて』は、十九歳のザナが語るナチ政権下のドイツの物語である。ザナが恋人のフランツから手紙を受け取る冒頭場面から、最後にふたりでドイツの国境を越えるまでに流れる時間は二日間、作品中具体的な日付は記されていないものの、ヒトラーのフランクフルト・アム・マイン（以下フランクフルト）来訪の描写により、それが一九三六年三月十六日と十七日であることは容易に推測できる。[4] その約一ヶ月半後の五月四日に著者コインがドイツを離れ、翌一九三七年初めに本作品がクヴェリドから上梓されたことを考えると、ここで描かれているのはほぼリアルタイムのドイツと言えるだろう。

ナチ化した日常

総統のフランクフルト来訪を控え、町は興奮状態にある。とはいえもちろん例外もあって、ユダヤ人たちはほとんどのカフェへの入店が禁じられ、またようやく職にありつけた自転車の男にも、総統のイベントよりも、そのために封鎖された広場を突っ切って遅刻せずに新しい職場に到着することのほうが重要だ。

かつてはナチに批判的であったザナの兄の作家アルギンは、いまではナチ政権下のドイツで作家として生きていくために、ナチの気に入るような自然や郷土愛を称える作品を書こうとしている（アルギンのモデルになったのは当時のコインの夫トゥラロウとも、またコイン自身とも言われている）。ナチ女性団のメンバーのアーデルハイトおばさんに密告されたザナが、取り調べのためにゲシュタポに連れていかれると、そこは家族や友人や隣人をたがいに告発しあう人びとの巡礼地と化している。

もっともヒトラーの信奉者たちも、総統のもとに一致団結しているわけではないようだ。ナチ突撃隊幕僚長エルンスト・レームが一九三四年六月三十日にヒトラーの命によって射殺された「レーム事件」以降力を失った突撃隊《SA》は親衛隊《SS》にコンプレックスを抱き、親衛隊《SS》もまた国防軍の優位に悩まされている。また同じ親衛隊《SS》内部でも、金を持っているか否かで序列がきまり、古くからの親衛隊《SS》員はそれに苛まれている。クルムバッハ曰く、「総統によってドイツ国民はひとつになった。けれどもまた、ひとつになった人びとどうしでうまくやっていけないことも事実だ」。ただし、コインの突撃隊《SA》と親衛隊《SS》の記述には若干の留保が必要だ。居酒屋のウエイターのクルムバッハは最初は突撃隊《SA》員として紹介されているが、途中から親衛隊《SS》員となっている。また小説の後半で登場するハリネズミ頭のキュッパースの息子は突撃隊《SA》員ということになっているものの、この小説の舞台となる時代には突撃隊《SA》が力を失っていること、また医師という属性を考慮すると、武力行使のイメージの強い突撃隊《SA》よりはエリート思考の親衛隊《SS》の方がしっくりくる。

そして日々ドイツで生きていくことが困難になってきているユダヤ系の人びとのナチ政権への反応も人それぞれであり、ときに矛盾に満ちたものである。インテリア関係の商売を営む父親のほうのアーロンは、みずからを「ユダヤ人ではなく、非アーリア人」だと言い、「ナチの連中は、ドイツ的な意味での秩序を生み出し」たと称賛する。また情にほだされやすいユダヤ人医師のブレスラウアーは、ひょんなことから反ユダヤ主義の雑誌の販売員の男に気に入られ、そのことを揶揄するハイニィに対し「かれをからかうのは気の毒だ」と販売員に同情を示す。

こうした人びとの矛盾をカリカチュアライズした存在がリスカなのかもしれない。リスカは「高潔な菜食主義者」であるベティ・ラフの言葉を繰り返し聞くうちに影響されて、しだいにハイニィに夢中になっていく。やがて彼のでまかせの発言に振り回されるようになり、そのたびに彼の言葉通りのタイプの女性になろうとする。作品中、リスカはリアリティに乏しい人物と映るかもしれないが、ザナがベティ・ラフに最初に会ったときに、「アーデルハイトおばさんよりもずっと危険だと感じていた」ことを考えると、リスカをこう解釈するのもあながち的外れではないのではないかと思う。「高潔な菜食主義者」というベティを形容する言葉は、そのまま当時のヒトラーのイメージに当てはまる。

これまでの女性主人公との違い／ふたりの語り手

人種法がちゃんと理解できないザナは、ゲルティの恋人のことを「かれ（＊ディーター・アーロン）は第一階級と第三階級の混血児《あいのこ》なのだ――わたしにはどうもこの言い方がしっくりこない」と語る。ここでザナは人種的な色合いを帯びた「等級（Grad）」と社会的身分を示す「階級（Klasse）」を取り違えている。たぶん彼女はドイツ人＝「第一階級」とユダヤ人＝「第三階級」

と言いたいのだろう。この個所について、コインの伝記の著者、ヒルトルート・ヘンチェルは、著者は語り手を読者よりもおろかに見せているが、彼女がナチ特有の言い回しを理解できないゆえに賢くもある、と指摘している。[5] これにより人間の属性の度合いを測る基準がいかにめちゃくちゃであるかが示唆され、つまり取り違えるのも当然というのである。とはいえベティ・ラフの危険をいち早く察知したように、ザナには時代が抱える不安や矛盾を直感的につかみ取る能力が備わっていることも見逃してはならない。

ところで同じ若い女性の語り手という共通性から、ザナはコインのワイマール共和国時代の二作品『ギルギ——わたしたちのひとり』や『偽絹の女の子』の主人公の系譜に連なるととらえることもできるだろう。しかしながら、作品全体としてみると、もっぱらギルギ、ドーリスといった主人公のパースペクティヴから語られるナチ時代以前の物語と、『この夜を越えて』とでは語り手のスタンスは大きく異なっている。ザナひとりではもはや状況の深刻さを扱いきれない。

ザナの語りでは、誰かの話した内容を伝える際に引用記号のない間接話法が多用されているが、登場人物の中でただひとり、著名なジャーナリストのハイニィは、直接話法で何頁にもわたる長広舌をふるうことが許されている。かねてより文筆活動を通しては懸命にナチの危険を警告してきたハイニィは、反ナチの姿勢を貫くがゆえに、いまでは執筆活動が禁じられている。あいかわらずその舌鋒はするどく、ナチに日和るものたちに向ける彼の言葉は辛辣で容赦がない。体制におもねるか否かで逡巡するアルギンには、「……そもそもきみは用なしだ。独裁国家によってドイツはいまや完璧な国になった。楽園に文学はない。欠けているところがなければ、小説家も詩人も存在しない」と作家の死を宣告する。ハイニィのモデルは、この作品の出版の約一年前、一九三五年十二月にスウェーデンのヨーテボリで睡眠薬の過剰摂取のために亡くなった、ワイマール共和国時代に活躍したジャーナリストで作家のクルト・トゥホルスキー（一八九〇～一九三五）と言われている。[6]もっとも、ハイニィにはまた、作家コインの姿も投影されている。歴史小説を書こうというアルギンに向かってハイニィが発した「意気地なし」という言葉は、まさしくコインによる亡命作家への批判である。ベルギーのオステンデへの亡命直後、コインは恋人のシュトラウス宛の手紙（一九三六年五月二十三日付）に次のように記している。

……ちょうど出版社から本を受け取ったところです。アルフレート・ノイマン『新カエサル』、アルフレート・ノイマン『帝国』、ヨーゼフ・ロート『百日天下』、ベルト・ブレヒト『三文小説』。すべて歴史物――もはや誰も現代小説を書こうとしない。なんとなくみんな、同時代小説に取り掛かることに物怖じしているように見える――それであれば物語が今日と対置されないから。[7]

ナチ時代、ドイツ語圏から亡命した作家の多くが歴史的題材を扱った作品を発表しているが、危機の時代であるからこそアクチュアルなテーマを取り上げることが重要だと考えるコインは、亡命時代についての回想記『亡命の光景』（一九四七）の中でも同様の批判を繰り返している。[8]

ところで本作品に採用された言わば二つのパースペクティヴという手法は、一九三八年に発表されたコインの亡命時代最後の作品『すべての国の子ども』とも共通している。『すべての国の子ども』の語り手は十歳の少女クリィであるが、「子ども」のパースペクティヴから社会をとらえることで、アンデルセンの『裸の王さま』の子どものような自由な語りが可能になる。一九歳のザナは十歳の子どもではないが、ザナの一見ナイーヴな語りはクリィのそれを思い起こさせる。こうした語りによって世間でまかり通る常識のおかしさが露呈するとともに、切迫した状況下にあっても、ある種の軽さとユーモアの効果が生まれる。他方、『すべての国の子ども』のなかでは、亡命中の反体制作家であるクリィの父親が、人びとの抱く不安や恐れに焦点を当てて当時のドイツの様子を述べている。『この夜を越えて』における、ハイニィによるナチ化した社会への痛烈な批判には、おそらくコインや同時代の反体制の作家たちの考えが反映されている。素朴な人物設定のザナにはハイニィのようなひねりを効かせた社会批判的な発言はそもそも不可能なのではあるが、同時代小説に取り組むことに作家の使命を感じていたコインにとって、ナチ政権と批判的に対峙するためにはハイニィの語りも必要だったのだろう。

作品の評価について

『この夜を越えて』は出版されるや、ナチ政権下のドイツの状況を果敢にも批判的に描いたとして世界各地で大きな反響を呼んだ。評価は概ね好評ではあったが、なかには否定的なものも散見される。フランスではコインの描くナチ政権下のドイツは一方的に歪められているという批判の声もあり、またアメリカの『ニューヨーク・ヘラルド・トリビューン』紙では、加害者だけでなく犠牲者もカリカチュアライズされていることへの懸念が示された。本作品についての報道はヨーロッパ諸国、合衆国からソ連邦の『イズヴェスチア』にまでおよび、一九三七年にはオランダ語とデンマーク語、一九三八年には英語とノルウェー語、一九三九年にはフランス語に翻訳されている。

こうしたなかドイツ語圏亡命作家のひとりであるクラウス・マンは本作品について、一九三七年、雑誌『ノイエ・ヴェルトビューネ（新世界舞台）』に次のように論じている。

おのれを欺くなかれ、われわれすべてのものにとって憂うべき危険が生じている。（わたしがここで「われわれ」と言っているのは、ようするに外国から第三帝国と闘っているドイツ人たちのことだ）。わたしたちはしだいにドイツの現実とのコンタクトを失いつつある。もちろん事件や出来事には注視し、最近の事情にも通じ、報道だけでなく、目撃者の報告からも情報を得ている。しかしながらドイツの現状および支配的雰囲気との直接的な接触がわれわれには欠如している。もうドイツと疎遠になってしまったとは思わないが、今後ドイツが疎遠になってしまう可能性はある。

そんないま、ある才能豊かな女性がわれわれに、もう足を踏み入れることのできないその国の現在の姿を語ってくれる。イルムガルト・コインは第三帝国で長いあいだ耐え、それをよく知っている。彼女がわたしたちに示してくれた物語、『この夜を越えて』（クヴェリドー、アムステルダム）は、すぐれた観察にあふれ、そこでは機知に富む一方でぞっとする詳述にも満ち、本物の、信憑性のあるおどろくような生々しい事柄がこれでもかというほど盛り込まれているので、わたしたち自身がじっさいに見たような、個人的にちょうどそこに居合わせたかのような気がしてくる。[9]

もっとも同じ文章の別な個所で評者は、「この本の文体はおどろくほど内容が乏しい」とか、ぎこちなく書かれた本よりも、「全般的にはわたしは上手に書かれた本の方がずっと好みなのだが」とも述べている。ようするに「高尚」な文学を好むかれには、コインのスタイルは完全にはお気に召さなかったようだ。しかしながら『この夜を越えて』には、クラウス・マンのようにナチ政権の危機を早期に察知しドイツを離れた人びとには知り得ないドイツのいまが描かれている、そのことをかれは何よりも評価している。

第二次世界大戦後、本作品は一九五六年に社会主義政権下の東ドイツで出版されているが、その際には、ナチ政権下の不穏な日常を描き出しているものの、そのナチ批判が小市民的で不十分という批判を受けている。西ドイツでは一九六〇年代、一九六一年と一九六五年にそれぞれ異なる出版社から上梓されているものの、取り立てて目立った反応はなかった。一九七〇年代末にコインの作品が再発見されると、本作品の評価も高まり、一九八一年には映画化され好評を博し、現在では『この夜を越えて』はドイツ文学における亡命文学の古典としての地位を確立している。

結末をめぐって

この物語をどう終えるかについては、コインは大変苦労したようだ。一九三六年十一月二十三日付のシュトラウス宛の手紙でコインはこう記している。

全力をふりしぼり、最大限の努力をしてなんとか小説のおしまいにたどり着いたのだけれど、ただ最後の結びの頁がまだ書けていない。[10]

同年十月二十五日から『パリ日刊新聞』で『この夜を越えて』の連載がはじまり話題を呼ぶが、コインは最後の数頁が書けず、原稿を落としてしまう。結局、最後まで新聞社に彼女の原稿が届くことはなく、ようやく作品が完成し、書籍として刊行されたのは一九三七年初めのことだった。

一九三七年三月三十一日の『パリ日刊新聞』には公開書簡の形を取った本作品の書評が掲載されている。評者のカール・ミッシュは、コインの連載小説が未完に終わった経緯に触れたうえで、「……こうしてわたしたちは人知れず、リスカとパーティーに集まった人びとをそのままにしておかなければならなかった」、また別な個所では「楽しい夕べがおそろしいクライマックスを迎える前に……あなたはわたしたちの元から去った」と書いていることから、新聞連載は、おそらくハイニィがみずからの命を絶つ前のどこかで中断したことが推察される。そしてこの書簡は次のように結ばれている。

親愛なる、あてにならない、才能あるイルムガルト・コイン、あなたはいい本を書きました。亡命という苦境にもかかわらず（亡命という苦境によって？）、あなたはさらに成長を遂げました。あなたは、あなたの女の子にレーヨンだけでなく、裂けにくい毛糸も付け加えたのです。あなたの本には力がある、でも優美さも失っていない。どうぞ両方とも持ちつづけてください！　あなたのカール・ミッシュより[11]

『この夜を越えて』が書かれたのは第二次世界大戦開戦前夜である。作者コインにとって、これからドイツやヨーロッパがどうなるのかがわからぬまま、物語を書き進めることはけっして容易ではなかったにちがいない。

一九四〇年五月、オランダはドイツに占領される。本作品の出版元クヴェリドの社主エマヌエル・クヴェリドとその妻ジェーン・クヴェリドは、ユダヤ系という出自のために、一九四三年七月十三日に連行され、七月二十日にソビボル絶滅収容所で殺害されたと言われている。[12]

ドイツからオランダへ逃げたザナとフランツのその後は、誰にもわからない。

翻訳および解説執筆のための参考文献

Keunの作品／書簡

Keun, Irmgard (2017): Das Werk. Band 2. Texte aus NS-Deutschland. Texte aus dem Exil 1933-1940. / Band 3. Texte aus der Nachkriegszeit und der Bundesrepublik 1946-1962. Im Auftrag der Deutschen Akademie für Sprache und Dichtung und der Wüstenrot Stiftung herausgegeben von Heinrich Detering und Beate Kennedy. Göttingen: Wallstein. 2017.

Keun, Irmgard (2003): Nach Mitternacht. mit Materialien. Ausgewählt und eingeleitet von Dietrich Steinbach. Stuttgart: Ernst Klett Verlag. 2003.

Keun, Irmgard (1990): Ich lebe in einem wilden Wirbel. Briefe an Arnold Strauss 1933 bis 1947. München: Deutscher Taschenbuch Verlag. 1990.

右記以外

Arend, Stefanie / Matin, Ariane (Hgg.) (2005): Irmgard Keun 1905 / 2005. Deutungen und Dokumente. Bielefeld: Aisthesis Verlag. 2005.

Baltschev, Bettina (2016): Hölle und Paradies. Amsterdam, Querido und die deutsche Exilliteratur. Berlin: Berenberg Verlag. 2016.

Bronsen, David (1981): Joseph Roth. Eine Biographie. München: Deutscher Taschenbuch Verlag. 1981.
Häntzschel, Hiltrud (2001): Irmgard Keun. Reinbek bei Hamburg: Rowohlt Taschenbuch Verlag. 2001.
Marchelwitz, Ingrid (1999): Irmgard Keun. Leben und Werk. Würzburg: Könighausen & Neumann. 1999.
Schmitz-Berning, Cornelia (2007): Vokabular des Nationalsozialismus. 2. Durchgesehene und überarbeitete Auflage. Berlin: de Gruyter. 2007.
Serke, Jürgen (1977): Die verbrannten Dichter. Weinheim, Basel: Beltz Verlag. 1977. S. 162-175.

西川正雄他編『角川　世界史辞典』　角川書店　二〇〇七年
芝健介（一九九五）：『武装ＳＳ』講談社　一九九五年
芝健介（二〇二一）：『ヒトラー――虚像の独裁者』岩波書店　二〇二一年
田丸理砂（二〇〇八）：「イルムガルト・コイン――ワイマール共和国末期に現れたベストセラー作家」ゲルマニスティネンの会編（光末紀子／奈倉洋子／宮本絢子）『ドイツ文化を担った女性たち――その活躍と軌跡』鳥影社　二〇〇八年　七八～九五頁
田丸理砂（二〇一九）：「著者と併走する物語――イルムガルト・コインの『すべての国の子ども』について――」国際交流研究第二一号（フェリス女学院大学国際交流学部紀要）

フェリス女学院大学　二〇一九年　一一三～一三六頁

ウェブサイト

【史料・解説】ニュルンベルク諸法（1935年）- 比較ジェンダー史研究会（ch-gender.jp）
https://ch-gender.jp/wp/?page_id=6450（二〇二二年七月三日最終閲覧）

付記
解説執筆のもととなる研究には、令和三年度科学研究費助成事業（学術研究助成基金助成金）基盤研究C
の交付を受けた。

解説注

1　Keun (1990), S. 164f.

2　Serke (1977), S. 164-166.

3　電話を掛けた際、その番号が使用されていない場合に流れるアナウンスの言葉。

4　ただし手紙を受け取る日については、作品中、齟齬が認められる。フランツがリスカのパーティーの開催日にザナを訪ねてきたときに、「かれは駅の郵便局でわたしに手紙を書いて速達で送った、それが今日の午後わたしが受け取った手紙だ」（一六七頁）と記されている。ただしこの手紙が最初に言及される作品冒頭の居酒屋の場面は、前の日の設定になっている。

5　Häntzschel (2001), S. 80.

6　a. a. O., S. 88.

7　Keun (1990), S. 173.

8　Keun (2017), Bd. 3. S. 71f.

9　Mann, Klaus: Deutsche Wirklichkeit. In: Keun (2003), S. 166f.

10　Keun (1990), S. 195.

11　Kommentar. In: Keun (2017), Bd. 2. 770f.　ここでいう「レーヨン（Kunstseide）」はコインのベストセラー小説『偽絹の女の子（Die kunstseidene Mädchen）』を示唆している。

12　Baltschev (2016), S. 137f.

訳者あとがき

小説『この夜を越えて』は一九三六年末、リヴィウで完成した。作者コインと恋人のヨーゼフ・ロートは当時ポーランドに属していたリヴィウにガリチア（ポーランド南東部からウクライナ北部にわたる地方）出身のロートの親類を訪問中だった。わたしがこの物語の翻訳の依頼を引き受けたとき、リヴィウの名を日本の報道で、日常的に耳にすることになろうとは想像だにしなかった。第二次世界大戦前夜のナチ政権下のドイツが舞台の作品を翻訳する過程で、ヨーロッパでふたたび戦争が始まったことに、わたしの気持ちは落ち着かずにいる。

昨年（二〇二一年）は、個人的なことで恐縮なのだが、わたしにとってはしんどい一年だった。たいせつな友人の逝去や身内の思わぬ不幸が重なり、気分が沈んでいるところに、勤務先の住所に、かわいらしい封筒に入った手紙が届いた。左右社の堀川夢さんからの本書翻訳への依頼の手紙だった（そういえば本書のはじまりもフランツからの手紙である）。堀川さん、堀川さんからのお手紙は当時のわたしをものすごくしあわせにしてくれました。おもしろいと思ってワイマール共和国時代の女性作家たちに取り組みはじめてずいぶん経つけれど、ずっと孤独な闘いをつづけてきたので、単純に反応をいただけたことがとてもうれしかったのです。校正作業においては的確なアドヴァイスをありがとうございました。そう、こんな風にはからずもだれかが、べつのだれかをハッピーにしてくれることがあると思うと、生きることも楽しめそうな気がしてくる。

本書を二〇二一年三月に亡くなったフランクフルト・アム・マインの友人、マルタ・カスパースさんに捧げます。コロナ禍にあり、二〇一九年の夏以降、彼女と直接会うことは叶わなかった。わたしは、どんな展覧会に行ったとか、どんな本を読んだなどと、マルタと話をするのが大好きだった。フランクフルト市立歴史博物館で写真のキュレーターとして長年活躍していたマルタと美術館巡りをするのはとても贅沢な時間だった。彼女からドイツの女性写真家のこと、女性建築家についてさまざまなことを教わり、またマルタはわたしの研究にもいつも関心をもち、応援してくれた。マルタの闘いぬく姿(もちろん武力を用いずに)がわたしの心には残っている。暗い時代が舞台ではあるけれど、フランクフルトの本をマルタに。

二〇二二年七月

田丸理砂

本作品には、
現代の観点からみると差別的な表現が含まれておりますが、
執筆当時の時代背景、
また著者の批判的表現を考慮し、
そのまま訳出・掲載いたしました。ご了承ください。

Original title:
NACH MITTERNACHT
by Irmgard Keun

Published in 2018 by Ullstein TaschenbuchVerlag. First published in 1937.
Published by arrangement through Meike Marx Literary Agency, Japan

オステンデにて、1936年頃

イルムガルト・コイン

Irmgard Keun

ドイツの作家。1905年、ベルリン生まれ。ケルンで育ち、俳優を志したのち、執筆業に転向する。1931年に『オフィスガールの憂鬱——ギルギ、わたしたちのひとり』(原題Gilgi eine von uns、関西大学出版部)、1932年に『人工シルクの女の子』(原題Das kunstseidene Mädchen、同)を上梓し、ベストセラー作家に。1933年にナチスが政権を握ると、反体制作家とされて迫害を受け、オランダへ亡命して、本書を含む多数の小説やラジオドラマの執筆を続けた。1982年没。

田丸理砂

Tamaru Risa

フェリス女学院大学国際交流学部教授。首都大学東京で博士号(文学)を取得。おもにワイマール共和国時代の女性と表現について研究している。著書に『髪を切ってベルリンを駆ける! ワイマール共和国のモダンガール』(フェリス女学院大学 2010.9)、『「女の子」という運動——ワイマール共和国末期のモダンガール』(春風社 2015.8)ほか多数。

✷この夜を越えて

2022年8月30日　第一刷発行

著者
イルムガルト・コイン

訳者
田丸理砂

発行者
小柳学

発行所
株式会社左右社
〒151-0051 東京都渋谷区千駄ヶ谷3-55-12 ヴィラパルテノンB1
TEL 03-5786-6030 FAX 03-5786-6032
http://www.sayusha.com

印刷・製本
音羽印刷株式会社

ISBN 978-4-86528-094-4

本書は、ゲーテ・インスティトゥートの
出版助成を受けて翻訳出版されました。
GOETHE INSTITUT